Trésor bleu

Hâte-toi de transmettre
Ta part de merveilleux de rébellion de bienfaisance

René Char
Commune présence

Note de l'auteur

Quoique de nombreux éléments historiques et géographiques de ce roman soient exacts et que certaines personnes aient réellement existé, cette histoire est (presque) imaginaire.

À la mémoire de mes grands-parents
À la mémoire de mon père

Les Loges - Lundi 31 octobre 1938

Dans la pénombre de la chambre, Victorine observe avec curiosité l'homme endormi à ses côtés. La lumière qui filtre à travers les persiennes dessine des stries obliques sur ses joues, lui sculptant un visage d'apache. Elle a envie de passer un doigt sur ce masque insolite pour en vérifier le relief. Elle n'ose pas, se contente de survoler d'une main hésitante les épaules d'une blancheur de craie, le torse à la respiration régulière, les bras noueux étendus par-dessus le drap, les mains sculptées par le travail.

Émile. Son mari depuis la veille. Cette nuit passée dans le lit conjugal, leur première nuit... Sa première fois. L'a-t-il déjà « fait », lui ?

Elle a dix-huit ans, lui, vingt-quatre.

L'idée qu'ils vont passer leur vie ensemble la saisit avec l'acuité fugace d'une piqûre d'aiguille au bout du doigt. Elle retire sa main d'un geste vif.

Hier, des vivats ont éclaté à leur sortie de l'église. Les jeunes gens ont traversé le bourg à pied pour rejoindre la grande maison où ils allaient vivre ensemble désormais, et les sourires des riverains les accompagnaient, joyeux, chaleureux. Car cette jeune mariée au sourire radieux, ce n'était pas n'importe qui. C'était « la fille d'Alphonse ».

Victorine marchait au bras de son époux et renvoyait à chacun saluts et sourires, heureuse et fière dans sa belle robe blanche. Et puis, la petite phrase d'Émile est tombée avec un bruit sec : « Une bonne corvée de faite. » Avait-elle bien entendu ? Elle a vu son visage crispé, son sourire s'est figé.

À ses côtés, Émile dort toujours profondément. Victorine soupire en silence. Elle l'a aimée, elle, sa belle cérémonie, l'entrée ensoleillée au bras de son père, très beau, moustaches fièrement dressées. Elle l'a adoré, l'émouvant Ave Maria, qu'elle chante tous les dimanches à la fin de la messe. Elle les a trouvés touchants, les invités, des commerçants et des ouvriers pour la plupart, qu'elle a croisés plus souvent en bleu de travail et tablier rustique qu'en veston et chemise. Elle s'en est grisée, du vin et de la valse au bras de son père.

Victorine a moins aimé le repas de mariage, un peu raté. Tout ce que cela a coûté ! Viande refroidie, glace à moitié fondue, pois de senteur fanés. Moins aimé le sourire contrit de sa mère. Et pas aimé, mais alors pas du tout, la petite phrase acide d'Émile.

Elle se glisse hors du lit et pose ses pieds sur le parquet frais comme un matin d'hiver.

Ne pas faire de bruit.

Une toilette rapide à l'eau froide, le gant plongé dans la cuvette en faïence bleu ciel qu'elle a pris soin de remplir, la veille au soir. L'odeur maternelle du savon à la violette lui serre le coeur. Fini, ton doux baiser du matin, maman. Envolé, le rire tonitruant de papa au réveil.

La morsure de l'eau froide sur sa peau chasse ces pensées nostalgiques. Bien réveillée à présent, elle s'habille rapidement, referme doucement la porte de la chambre derrière elle et descend au rez-de-chaussée.

Le facteur, déjà.

Elle passe un châle sur ses épaules et file à travers l'air glacial jusqu'à la boîte aux lettres au bout de l'allée. À l'intérieur, une seule enveloppe, couleur crème. Papier luxueux.

Mon nom de jeune fille, barré, remplacé par mon nom d'épouse. Bizarre. Et cette belle écriture… Serait-ce… ?

Victorine ouvre un peu trop brusquement l'enveloppe dont le bord se déchire, parcourt les lignes qui se mettent à danser devant ses yeux et soudain, le sol aussi lui semble mouvant.

Les pas d'Émile résonnent dans l'escalier. Vite, elle camoufle la lettre dans une des grandes poches de sa jupe. Il pénètre dans la cuisine et la découvre assise, tremblante, les joues rouges. Il l'interroge d'un regard inquiet.

— J'ai eu un étourdissement. Ce n'est rien…

Elle frissonne, pose ses paumes glacées sur ses joues brûlantes. Les lignes de la lettre flottent dans son esprit, tels les fils de laine d'une pelote détricotée.

Émile la dévisage, les bras ballants. Victorine se reprend, se lève en s'appuyant sur le bord de la table.

— Je vais préparer le petit-déjeuner.

Elle coupe deux épaisses tranches dans la miche de pain de la veille, pose une motte de beurre et un pot de confiture sur la massive table de cuisine. L'odeur chaude et corsée du café l'enveloppe d'un nuage rassurant. C'est à peu près la seule chose qui lui soit familière dans cette cuisine, dans cette maison.

Émile, traits encore froissés de sommeil, silhouette ramassée, s'est assis et a croisé ses bras sur la table, la tête rentrée dans les épaules. Silencieux. Victorine ne s'attend pas à ce qu'il l'aide, ça non… Ce sont les femmes qui s'acquittent des tâches ménagères ; dans la cuisine, elle a toujours vu son père attablé, imperturbable, le Petit Havre entre les mains, tandis que sa mère et elle s'activaient autour de lui.

Ce n'est pas ça le problème. Non, ce qui la surprend, c'est le silence. Ça, elle n'a pas connu. Chez ses parents, c'était même tout l'inverse, entre son père, bavard et toujours de bonne humeur, et son frère jumeau, Maurice, turbulent et aventurier.

Maurice… Nos bricolages avec des petits morceaux de bois, des allumettes, une mine, une ardoise en carton, trois fois rien, mais qu'est-ce qu'on s'amusait ! Et ce jour où tu m'as entrainée au fond du grand pré derrière l'école, jusqu'à la bicoque de cette vieille femme effrayante, on l'avait surnommée la sorcière ! Tu t'étais retrouvé nez à nez avec elle. Ton hurlement… Tu t'étais carapaté comme si tu avais vu le diable en personne !

Le rire de Victorine éclate comme une bulle de savon. Émile sursaute et lève la tête vers elle.

— Je pensais à mon frère et à ses bêtises quand on était petits.

— Tu vas mieux, on dirait.

Tandis qu'il mord dans sa tartine, elle reprend le fil de ses pensées… Moi, je n'avais peur de rien, même pas de cette soi-disant sorcière. Elle était bien gentille, en fait.

Les yeux dans son bol, Émile boit son café brûlant à petites gorgées prudentes, coudes vissés à la table.

À l'église, la veille, elle les a regardés entrer, la mère et le fils. Lui, concentré et un peu raide dans son costume sombre, beau visage austère aux traits réguliers, grand front dégarni, et ses yeux bleus sous des sourcils bien dessinés ; sa mère petite et sèche, une bouche comme un pli creusé entre deux petites pommes un peu flétries ; un air revêche. Une tête de pie, n'a pu s'empêcher de songer Victorine, qui a également remarqué l'air sinistre de son beau-père. Émile n'avait pas dû s'amuser beaucoup dans cette famille.

Lorsque le prêtre a prononcé les mots rituels : « Émile Belloc, voulez-vous prendre pour épouse Victorine Achard ? », il a répondu dans un murmure. Victorine, elle, souhaitait que toute l'église l'entende et elle a clamé d'une voix forte et assurée : « Oui, je le veux ! »

Le prêtre les a déclarés « unis par les liens du mariage ».

Alphonse et Lucie, les parents de Victorine, souriaient et pleuraient en même temps.

Victorine débarrasse la table du petit déjeuner. Son mari n'a toujours pas prononcé un mot... Je ne vais pas pouvoir vivre dans le silence comme ça, moi ! Et s'il m'interdit de chanter ? On va devoir s'adapter !

Elle passe machinalement ses mains sur sa jupe et tressaille en sentant sous ses doigts le papier de la lettre stupéfiante.

Émile se lève, se dirige vers l'entrée. Il hésite un instant, s'arrête sur le pas de la porte, se retourne vers sa femme :

— Il y a une surprise pour toi dans le jardin. Là, sous la bâche.

Une surprise ? De quoi peut-il s'agir ? Elle ne s'attendait pas à ça, après la vilaine petite phrase prononcée à la sortie de l'église, qui l'obsède, comme une chanson entêtante que l'on ne parvient pas à se sortir de l'esprit : « une bonne corvée de faite ». En pleine nuit, un cauchemar l'a réveillée, puis ses pensées se sont emballées, « qu'est-ce que ce mariage va donner ?! », l'angoisse croissante des pensées nocturnes l'a tourmentée sans fin ; elle n'est pas sûre de s'être rendormie.

Victorine soulève la bâche et découvre une jolie bicyclette blanche. Son visage s'illumine.

— Elle est magnifique !

— Je l'ai eue au garage de mon père, c'est un client qui l'a laissée. Je l'ai repeinte en blanc et j'ai fait quelques bricoles, elle est comme neuve.

Victorine embrasse Émile. Il rougit et baisse les yeux. Mains dans les poches, cigarette au coin des lèvres, il tourne lentement autour de l'objet, l'oeil professionnel.

— Si tu veux, on peut aller faire un tour jusqu'à Yport et casser la croûte sur la plage.

Un cadeau, une proposition de promenade... Elle songe

qu'elle connaît encore bien peu Émile, après tout.

Joyeuse, elle improvise un pique-nique : deux grandes tartines de pain beurré, des oeufs durs, du fromage et des pommes.

Leurs deux bicyclettes s'engagent sur la petite route d'Yport. L'air est frais, mais un franc soleil revêt la campagne de couleurs intenses. Le ciel est d'un bleu vibrant.

Après quelques kilomètres de ligne droite entre les champs de blé et les haies d'églantiers commence la descente vers Yport. À cet endroit, la route ondule sous la voûte des hêtres et des charmes, parés de leurs couleurs automnales.

Victorine est envahie par une délicieuse sensation de liberté. Depuis ses douze ans, elle n'a guère eu de temps à consacrer aux divertissements ou aux réjouissances ; cet âge-là, pour elle, sonnait la fin de la récréation. Alors ce vent frais dans les cheveux, cette bicyclette blanche qui file dans la valleuse vers la mer et ces chants d'oiseaux comme sifflés à son attention, c'est une aubaine qu'elle apprécie à sa juste valeur.

Une sorte d'ivresse s'empare d'elle. Elle chante, rit de sentir l'air froid lui mordre les dents, jouit du moment, un pur bonheur, vingt minutes comme une éternité jusqu'à l'entrée d'Yport.

Émile pédale d'un mollet ferme et habitué, elle dans son sillage, jambe légère et sûre. Ils contournent l'église au fin clocher d'ardoise, bifurquent vers le port, longent les maisons de pêcheurs aux briques rouges et aux volets blancs, puis Émile choisit d'aller vers le bout de la plage, près de la falaise. La marée est basse et les roches plates aux reflets d'huile luisent des vert-de-gris du varech et des jaune-orangé des lichens.

Victorine inspire à pleins poumons l'air chargé de

parfums puissants d'iode et d'algues, associés aux temps de l'enfance : son père les emmenait souvent à Étretat, Maurice et elle, ramasser des bigorneaux sur l'estran, ce vaste platier rocheux qui dévoile ses trésors à marée basse. Ils progressaient avec précaution sur les rochers glissants, évitaient les flaques, et lorsqu'ils étaient assez loin du bord, ils enfouissaient avec volupté leurs doigts dans les vasques, sous les filaments mousseux immergés, et extrayaient les précieuses bestioles des alvéoles rocheuses. Alphonse, pantalons roulés au genou, leur disait alors, comme si leur vie en dépendait : « Attention les enfants, ne ramassez pas les vignots d'chien, ça ne vaut rien. » Victorine et Maurice la connaissaient depuis longtemps, la différence entre les « vignots d'chien » gris clairs, en forme de cônes, et les bons bigorneaux, tout ronds et bien noirs ; leur père le leur rappelait lors de chaque expédition ! Au retour ils savouraient ensemble les bigorneaux cuits et bien salés, moelleux, encore tièdes.

Ils marchent quelques minutes sur les galets et s'installent pour le pique-nique. Victorine déplie la nappe à carreaux rouges et blancs, Émile s'étend à ses côtés. Appuyé sur un coude, il arbore un sourire léger et contemple le paysage somptueux qui s'offre à eux : à droite, les falaises à la blancheur de craie, découpées sur le ciel d'azur, s'étirent en un long panorama jusqu'à Fécamp. Face à eux, la mer au bleu profond somnole. À leur gauche, la paroi abrupte et verdoyante referme la baie.

Encore imprégnée de ses joyeux souvenirs d'enfance, Victorine se réjouit à voix haute du ciel parfait, à peine voilé, de la mer calme, du bon air. Assise près de son mari, elle éprouve une sensation d'étrangeté dans ce paysage pourtant si familier. Rien n'a changé, ni la couleur de la mer, ni le gris des galets, ni le bleu du ciel et pourtant, tout lui semble légèrement différent d'« avant » ; elle ne saurait dire quoi exactement.

Soudain, son attention est attirée par les éclats de rire d'une jolie jeune femme aux cheveux coupés à la garçonne, au petit nez retroussé sous des yeux que l'on dirait plissés par un sourire perpétuel. Elle est accompagnée de deux hommes. L'un d'eux, lunettes rondes, peau mate, est fin et élancé. Bel homme. L'autre, plus petit, trapu, arbore un air rieur et sérieux à la fois. À leurs vêtements, vestes bien coupées et pantalons de tweed fin, Victorine devine des gens de la ville ; des Parisiens, peut-être. Mais c'est surtout l'incroyable liberté dont semble jouir leur amie qui la frappe. Vêtue d'une chemise blanche et d'un pantalon d'homme - elle n'a jamais vu de femme en porter, elle aimerait bien, mais cela ne se fait pas - retroussé sur des mocassins souples, un pull bleu acier jeté sur les épaules, la jeune femme ramasse des morceaux de bois flotté, des coquillages brisés, des vestiges de filets de pêche. Jambes campées dans les galets, pieds largement écartés, elle examine longuement chaque trouvaille avant de se décider à la glisser ou pas dans son immense cabas.

— Charlotte ! crie le plus grand des deux avec un fort accent anglais, exhibant comme un trésor une longue pièce de bois en forme d'arc. Viens voir, je trouve un chose qui va plaire à toi.

Charlotte. Joli prénom, songe Victorine. Peut-être une comédienne. Une artiste, en tout cas. Si belle, si... à l'aise. Et ses amis, des Anglais, des Américains ?

Émile, lui aussi, observe l'énigmatique inconnue. Victorine ressent une pointe de jalousie qui la surprend et propose à Émile de marcher un peu le long de la plage.

Tiens, il a pris ma main. S'il savait, pour la lettre...

La jeune femme libre et ses deux comparses s'éloignent, emportant leur butin. Victorine les suit du regard, frissonne, un peu triste soudain sans trop savoir pourquoi.

La marée montante a déjà recouvert la moitié de la plage. Un petit vent se lève, le soleil commence à décliner et teinte la mer d'un glacis argenté. Il est temps de rentrer.

Ce soir-là, Victorine s'est endormie contre son mari, animée de sentiments confus et d'interrogations, d'autant d'espoir que d'appréhension.

Au petit matin, ils ont avalé un petit-déjeuner rapide et silencieux dans la cuisine encore endormie. Ils ont échangé un baiser bref, mi-joue mi-bouche, elle lui a souhaité une bonne journée et a songé qu'en deux jours à peine, sa vie avait effectué un sérieux virage.

Sa besace en bandoulière, son béret enfoncé jusqu'aux deux oreilles, Émile a enfourché son vélo pour rejoindre l'entreprise de peinture de Fécamp où il travaillait, située à une vingtaine de kilomètres des Loges.

Victorine lui a adressé un signe de la main, l'a regardé s'éloigner à la lueur des réverbères encore allumés. Le jour venait à peine de se lever. Elle a frissonné, a resserré son châle autour de ses épaules.

Elle est rentrée dans la maison vide, s'est assise dans la cuisine, près du poêle, et a déplié la lettre tapie dans ses pensées depuis la veille.

***

Étretat - Juillet 1979

Qu'il est long, ce trajet en voiture entre Marseille et Étretat... Mille kilomètres. « On ne peut pas faire plus long ! » dit toujours mon père. À la radio, Sylvie Vartan rythme notre voyage en se demandant ce qui fait pleurer les blondes. Bercée par le roulis de l'automobile, je m'assoupis sur « Les Mots Bleus », me réveille sur « Vanina » et me rendors sur « Michèle » : « *Michèle, assis près de toi, moi j'attendais la récré, pour aller au café, boire un chocolat, et puis t'embrasser...* »

Sourcils froncés, je regarde sans le voir le paysage de vallons verdoyants qui se succèdent depuis Mantes-la-Jolie. Je pense à ma grand-mère qui a été malade cet hiver. Maman était inquiète, j'avais l'impression qu'elle me cachait un truc. Un jour, elle discutait au téléphone avec ma tante Albertine, elle s'était mise à chuchoter, j'avais tendu l'oreille et compris que toutes les deux parlaient d'un problème de santé de mamie. À mes questions, après ce coup de fil, maman avait répondu : « Elle a juste une grosse bronchite. Ne t'inquiète pas. »

Est-ce parce que je n'ai que treize ans ? Ma mère ne me dit pas toujours tout. Comme si j'étais encore un bébé ! Comme si je n'avais pas lu Le Comte de Monte-Cristo et Les Liaisons dangereuses. En matière de mensonges, trahisons, cachotteries, tromperies, secrets et drames divers, je suis déjà bien renseignée. Les livres m'apprennent la vie.

Nous venons de traverser St-Romain-de-Colbosc. Dans un demi-sommeil, j'entends ma mère demander à mon père : « Tu peux éteindre ta cigarette ? J'ai mal au coeur. »

Entre les virages et l'odeur du tabac, je commence moi aussi à me sentir nauséeuse. Je choisis de me rendormir.

Une demi-heure plus tard, ma mère me presse doucement le bras.

— Giny, réveille-toi, nous sommes arrivés.

Enfin ! Je sonne, joyeuse et impatiente, au 39 bis, rue Isabey.

— Mes chéris ! s'exclame Victorine en ouvrant la porte. Avez-vous fait bon voyage ?

— Oh Mamie, c'était long... Mais je suis tellement contente de te voir ! Tu n'es plus malade, ma petite Mamie chérie ?

— Non mon trésor bleu, tu vois, je suis en pleine forme.

Je la serre dans mes bras. C'est si bon de sentir sa joue toute douce contre la mienne ! Pendant qu'elle embrasse mes parents, je me hâte vers les appartements de mon arrière-grand-mère, Lucie, qui vit au deuxième étage. Je la trouve comme d'habitude lovée dans son fauteuil, un peu plus recroquevillée que la dernière fois, mais avec son sourire de Joconde et son odeur douce ; sa peau est un peu plus transparente, son visage encore aminci, ses cheveux sages aux reflets bleutés toujours plus aériens ; une auréole de mystère poudré. Je l'aime beaucoup.

Mes parents restent une semaine avant de repartir pour la Provence où nous avons déménagé lorsque j'avais cinq ans. J'ai devant moi quinze jours de vacances chez mes chers grands-parents.

Ma grand-mère et moi, on s'est toujours comprises. Jusqu'à mes trois ans, j'étais « infernale » au dire de mes parents. Je ne tenais pas en place, je « piquais des crises » et il pouvait m'arriver de lancer des objets, voire de la nourriture, par les fenêtres.

Un jour, maman a vu dix petits bleus sur mes fesses. Et pourtant, mes parents avaient changé de nourrice le mois d'avant, quand maman m'avait retrouvée la tête entourée d'un bandage et que la nourrice embarrassée avait dit : « Elle s'est cognée. »

Il existait pourtant une personne avec qui tout était facile : ma grand-mère. Avec elle, jamais de crises de nerfs, jamais de hurlements. Une fée. Toujours patiente, toujours souriante. Elle me regardait par-dessus ses lunettes avec son air incroyablement gentil tout en tricotant. Si je faisais mon « infernale », elle me disait juste : « Rhooo... t'es machue », et puis elle riait. Elle faisait du pain que je mangeais encore chaud et les meilleures crêpes au beurre du monde : une grand-mère comme dans les livres qui finissent bien. Elle m'enveloppait et me protégeait.

Quoiqu'il en soit, à treize ans, je suis devenue une fille tout à fait acceptable. Cet été 79 est un bel été ensoleillé et joyeux. Je passe mes après-midis à la plage. L'entreprise de papi a beaucoup de succès et il travaille énormément. Quand il rentre de son atelier, cigarette au coin du bec allumée ou éteinte, il marche d'un pas lourd, comme si ses vêtements pesaient des tonnes. Il se douche, puis s'installe dans le canapé pour regarder les informations. Il mange en silence et en général, se couche avant nous.

Après le dîner, mamie s'installe dans ma chambre avant de rejoindre la sienne. C'est un moment que j'adore, qui se prête aux confidences.

Un soir, je lui parle de Denis, mon petit copain : un garçon de mon collège qui me rend nerveuse. Assise sur le couvre-lit à petites fleurs bleues, elle m'écoute, attentive. Je m'échauffe en cours de récit :

— Tu comprends, je l'aime depuis longtemps. Il est beau comme... James Dean ! Il a des lunettes d'intello, une belle bouche. Et un de ces sourires... Un peu voyou, tu vois ? Très sexy.

Ma grand-mère rit franchement. Elle sait que les garçons

m'intéressent beaucoup : j'ai eu mon premier amoureux à Étretat. C'était le fils du voisin. Il était blond, une tête d'angelot. Nous avions quatre ans. Nous nous étions embrassés sur la bouche en cachette. Quand je le lui avais raconté, Mamie avait ri en roulant son fameux : « Rhooo... »

Je poursuis :

— Lui, au début, il faisait comme si j'existais pas, comme si j'étais transparente, ça me rendait dingue. Je trouvais des prétextes pour lui parler, je lui tournais autour. Un jour, j'ai été invitée à une boum, il était là, il m'a invitée au moment des slows, et on s'est embrassés. Avec la langue. C'était juste avant les grandes vacances. Après la boum, il est venu passer un dimanche après-midi à la maison, c'était génial. Bref, on sortait ensemble, quoi ! Mais à peine une semaine plus tard, il déboule à mobylette au collège, il ne m'avait pas vue et il commence à discuter avec une grande blonde vulgaire, Josiane elle s'appelle, des gros seins, tu vois le genre, en fait ça m'énerve trop elle ressemble à Marilyn Monroe ! Il l'embrasse et puis hop, il l'embarque sur son Chappy. Je le déteste, ce nazbrok ! Il m'a trompée... Mamie, tu te rends compte ?

Victorine sourit :

— Ma fille tu es bien jeune, tu en auras d'autres, des amoureux ! Tu as de la chance... À mon époque, le premier petit copain, on l'épousait.

Elle poursuit, comme pour elle :

— Moi, je me suis mariée à dix-huit ans.

Si jeune, déjà mariée ! De l'autre côté de la cloison résonne le ronflement régulier de mon grand-père. Je lui demande à voix basse :

— Mais... après papi, tu as eu d'autre amoureux ?

Elle rit doucement.

— Toi alors ! Quand je tenais le café aux Loges, il y avait quelques clients qui étaient très gentils avec moi, qui auraient bien voulu… enfin, tu vois ce que je veux dire. Mais jamais je n'aurais trompé mon mari ! Et je savais me faire respecter, crois-moi ; imagine, j'ai commencé à travailler au café-restaurant de mes parents à douze ans.

Je sursaute, m'agite sur mon lit.

– Douze ans ? Mais les enfants ne travaillent pas à douze ans !

– La vie était bien différente, ma fille. J'ai dû arrêter l'école après mon certificat d'études. J'avais onze ans. J'étais bonne élève pourtant, toujours première de ma classe. Mais mes parents avaient besoin de moi au commerce, ils n'avaient pas les moyens de payer un employé.

– C'est pas juste…

– C'était comme ça dans le temps. Mon institutrice m'appréciait et aurait voulu que je poursuive mes études. Chaque année, jusqu'à mes seize ans, elle m'apportait des livres. Grâce à elle, j'ai continué à lire : Emma Bovary, Le Rouge et le Noir, les Misérables… Quand il n'y avait pas de clients, je m'asseyais au comptoir et je lisais.

Elle parle plus vite tout d'un coup, ses belles mains brunes miment la lecture, ses épaules se redressent.

– Et je savais compter aussi. C'est moi qui tenais la caisse au café, mes parents me faisaient confiance. Je ne me trompais jamais.

C'est la première fois que je l'entends évoquer sa jeunesse et je l'imagine soudain, ma petite travailleuse de onze ans, en tablier, oui, mais pas un tablier d'écolière… Les mots d'Édith Piaf me viennent à l'esprit : *Moi j'essuie les verres au fond du café, j'ai bien trop à faire pour pouvoir rêver.*

À quoi rêvait-elle, ma grand-mère si vaillante ? Jamais je ne l'ai entendue se plaindre, mais j'ai remarqué cet air mélancolique qui lui vient parfois. Elle aspire alors le coin droit de la bouche entre ses lèvres et le mordille, narines légèrement dilatées, sourcils froncés : une mimique soucieuse et enfantine.

– Oh, te voilà bien rêveuse, ma fille...

Comme si elle avait lu dans mes pensées, elle s'exclame :

– Je n'étais pas malheureuse, tu sais ! J'ai eu une belle enfance. Mon père me faisait confiance. Quand j'avais neuf ou dix ans, il m'a appris à tirer à la carabine. J'étais bien la seule gamine du coin qui faisait ce genre de choses avec son père ! J'en étais fière. Il était formidable, mon père, il savait tout faire... mécanicien, garagiste, plombier. C'est lui qui m'a appris mon premier métier de coiffeuse. Nous étions très proches. Il était joyeux, tout le monde l'aimait. Je me souviens, quand le curé du Havre passait au café, ils chantaient ensemble cette vieille chanson : Viens Poupoule, viens... Alors, le curé, tout le monde l'appelait Poupoule. Tu vois, ce n'était pas triste à la maison. Et ma mère, c'était une sainte. Elle ne nous grondait que quand mon frère jumeau, Maurice, m'entrainait à faire des bêtises.

– Quel genre de bêtises, mamie ?

Elle réfléchit et reprend en riant :

– Un jour, on devait avoir trois ou quatre ans, il a voulu nettoyer la cour en terre battue avec sa brosse à dents, en mettant de l'eau partout. Je l'ai imité, on était dégoûtants, maman était fâchée ! Mais c'était un ange, elle nous grondait puis nous embrassait pour nous consoler.

Elle soupire. Son front se plisse de grandes rides horizontales.

– Elle n'a pas eu une vie facile, ma mère... Ses parents étaient très pauvres. Son père était chaudronnier, il est mort à trente-deux ans seulement, d'une maladie de poitrine. Sa mère, ma grand-mère adorée, les a élevés seule, elle et ses quatre frères et soeurs. Elle était chaisière à l'église et gagnait à peine de quoi nourrir ses enfants mais c'est tout ce qu'elle avait trouvé comme moyen de subsistance. Et puis il y a eu la Grande Guerre. Elle a beaucoup souffert…

— C'était elle, la grand-mère que tu adorais ?

— Oui. Elle s'appelait Héloïse. Elle était très belle et très gentille. Je profitais de chaque occasion pour lui rendre visite au Havre. Je me souviens, en hiver, je lui remontais des planures de la cave…

— Des planures ?

— Oui, des petits copeaux de bois, qu'on mettait dans le poêle. Il fallait prendre garde à ne pas se brûler. J'allais aussi chercher de l'eau à la fontaine pour faire bouillir son linge. Il n'y avait pas l'eau courante. C'était une autre époque…

J'imagine des rues pavées, sombres. Le Havre. Ce nom m'évoque une ville grise, rude, humide, des histoires de pêche à la Moby Dick, et dans ces ruelles aux pavés glissants, je vois se hâter une jeune fille brune et vive, jupon long et panier au bras.

Victorine prend ma menotte dans ses deux grandes mains brunes et la tapote en me souriant.

— Tu sais, on était pauvres, mais j'étais heureuse. Travailler auprès de mes parents, ça ne m'a pas posé de problème. C'était comme ça, et puis voilà.

Elle remonte la couverture myosotis sous mon nez et chuchote :

— Allez, dormons, ma fille.

Je la serre contre moi, je l'embrasse en respirant son parfum frais d'eau de Cologne, que je lui connais depuis toujours.

— Bonne nuit mon trésor bleu.

J'ai du mal à trouver le sommeil après ces confidences. Mon arrière-arrière-grand-mère, quelle dure vie ! Et ma grand-mère, encore une enfant et déjà au travail, mariée à dix-huit ans… Quelle adolescence, quels loisirs, quels plaisirs a-t-elle connus ? Je ne sais pas ce qui me choque le plus : qu'elle ait arrêté l'école à onze ans et commencé à travailler ou qu'elle n'ait eu qu'un seul homme dans sa vie. Je pense soudain à Denis. Je nous revois, quelques semaines auparavant, seuls chez lui, dans la moiteur de l'après-midi estival. Les cigales, elles faisaient un de ces boucans ! Lui, couché sur moi, sa bouche fraîche sur la mienne, sa langue chaude, ses mains qui se baladaient sous mon tee-shirt. Mon coeur prêt à exploser, nos peaux nues tout à coup, mouillées de sueur, mon trouble, peur et excitation mélangées ; vertige inconnu, odeurs salées, sensations nouvelles. Je l'aime ce salaud ! Des mois que j'attendais ça. Et patatras : Josiane et ses gros nichons.

Ces émotions fortes, ces palpitations du corps, ces éblouissements des sens, ce trouble vertigineux, ma grand-mère les a-t-elle ressentis ? Avant de sombrer dans le sommeil, je l'imagine à mon âge, assise dans un coin du café, son service terminé, lisant avec passion un des précieux romans offerts par son institutrice. Je repense au roman de Flaubert, Madame Bovary, que j'ai lu cette année. C'est drôle que mamie l'ait lu, elle aussi. Je songe qu'il y a des similitudes entre Emma Bovary et elle : le pays de Caux, l'origine campagnarde, les moeurs strictes. Enfin, la comparaison s'arrête là, heureusement pour ma chère grand-mère. Elle, contrairement à Emma, ne s'est pas perdue dans des rêves inaccessibles. En a-t-elle eu, des rêves secrets et inavouables ? Je souris en l'imaginant, jolie jeune mariée au caractère affirmé, les pieds ancrés dans sa terre normande, sérieuse et gaie. Et mon grand-père, quel jeune homme était-il ? S'il m'est facile d'imaginer ma grand-mère dans sa jeunesse, c'est un peu plus difficile pour moi de deviner dans mon grand-père, si secret, le jeune homme qu'il a pu être.

Je finis par m'endormir. Une calèche file dans la nuit noire, tirée par quatre chevaux au grand galop qui nous emportent vers l'Italie, Emma, Victorine et moi. Nous nous tenons les mains et nous faisons le serment de vivre libres à Venise : libres d'aimer, de danser, de chanter, de boire du vin doré et de l'absinthe. Fiévreuses et échevelées, nous rions à gorge déployée à chaque cahot en jetant par-dessus bord dentelles, gants, chapeaux, corsets.

Le lendemain matin, mamie m'accueille dans la cuisine avec un clin d'oeil complice. Dans l'iris doré de ses yeux noisette, sous la chevelure impeccable, je vois clairement apparaître une jeune fille courageuse, sage et volontaire, dotée d'une joie de vivre et d'une énergie peu communes. Je devine aussi des failles invisibles, une zone mystérieuse, une part d'elle moins solaire qui m'échappe. J'ignore tant de choses de sa vie de femme ! Les vacances s'achèvent. Il faudra que je lui pose d'autres questions, la prochaine fois.

Je repars sur ma colline solitaire, emportant les histoires de ma nouvelle héroïne romanesque. Tant de différences entre sa vie et la mienne !

Elle va bientôt avoir soixante ans, a toujours pour moi le sourire tendre et le rire facile de la grand-mère adorable et gaie de mon enfance. Cependant, du haut de mes treize ans, je perçois autre chose, qui me rapproche encore un peu plus d'elle ; une féminité, un tempérament, une personnalité qui se dessine cette année de façon plus détaillée, un peu à la manière d'une photo floue qui devient nette au fur et à mesure de la mise au point.

Au sein de ma tribu de femmes, ma mère et mes tantes, mes cousines, et aussi Anna, ma meilleure amie, ma grand-mère prend soudain une place différente ; une place dont je ne mesure pas encore toute l'importance, à la fin de cet été-là.

***

Les Loges - Mardi 1er novembre 1938

La veille, elle n'a eu que le temps de survoler la lettre. Juste assez pour en saisir l'essentiel. Victorine frissonne, observe quelques nuages gris foncé annonciateurs de pluie. L'automne est bien installé et la maison, déjà humide. Depuis l'endroit où elle est assise, elle peut apercevoir par la fenêtre les allées et venues dans la rue principale du bourg. Il ne passe pas grand-monde à cette heure matinale et seuls un hennissement et le martèlement des roues d'une charrette sur les pavés viennent troubler un instant le silence.

Elle prend une grande inspiration et déplie lentement la belle feuille de papier velin.

Paris, le 25 octobre 1938

Ma chère Victorine,

Notre dernière rencontre remonte à deux ans déjà. Tu m'as tant manqué ! Je me désespère de rester sans nouvelles de toi malgré toutes les lettres que je t'ai envoyées. Tu as dû m'en vouloir terriblement, et je le comprends. Que faire pour me racheter ?

Ma chère maman est guérie, je suis entré à l'école de pilotage mais mon bonheur ne pourra être complet qu'à tes côtés. Je l'ai compris en pensant à ton sourire, à notre baiser sous le tilleul, chacun des jours de ces deux dernières années.

J'ai eu dix-neuf ans le mois dernier. Le travail, c'est important, mais ce qui m'importe plus encore, c'est de bâtir une famille et c'est avec toi que je désire accomplir ce rêve.

Victorine, veux-tu enfin me pardonner ?

Veux-tu devenir ma femme ?

Mon coeur est plein d'espoir. Si tu le veux, je serai à toi pour toujours.

Armand

Victorine laisse retomber ses mains sur ses genoux. Les battements sourds et douloureux dans ses tempes se calment peu à peu. Elle prononce à mi-voix ce prénom interdit : Armand.

Et soudain, l'été du baiser resurgit. L'année de leur rencontre, elle avait quatorze ans, lui quinze. C'était il y a quatre ans seulement mais elle a l'impression qu'une vie entière s'est écoulée. Elle s'amusait alors de l'effervescence que suscitait l'arrivée de son ami dans le bourg ; Jeanne rosissait encore un peu plus, Marcelle se voulait indifférente mais on voyait que c'était tout le contraire, Germaine tentait de s'arranger mais la pauvre, elle n'était pas gâtée par la nature.

Armand. La première fois que je t'ai vu, je t'ai trouvé beau, moi aussi. Surtout si différent des gars d'ici ; des bouseux qui parlent le patois cauchois comme leurs parents. « Cha va-t-y », « j'disons pouin » ... Te retrouver après ma journée de travail, t'écouter me raconter Paris avec tes jolis mots, c'était autre chose. Toi, tu voulais savoir comment je m'y prenais pour tuer les poulets. Et aussi comment j'avais appris à tirer à la carabine. Enfin ! Des histoires de paysanne... Ça me faisait rire. Moi qui n'étais jamais allée plus loin que le Havre, je rêvais d'aller au concert, au cinéma, au théâtre, de descendre les Champs-Elysées ! Ton père, chirurgien, ce que ça m'impressionnait ! Mais ta mère, tout le temps malade, oui, je me souviens de ton air peiné quand tu parlais d'elle.

À la fin de l'été, le jeune homme repartait à Paris et Victorine reprenait le cours de sa vie.

Elle avait quatorze ans, ouvrait seule le café-restaurant de ses parents presque chaque matin, tenait la caisse, réceptionnait les livraisons, servait en salle et donnait un coup de main en cuisine aux moments de forte activité. Elle aimait l'ambiance chaleureuse qui y régnait, surtout lorsqu'Alphonse passait un disque sur le phonographe à cornet et faisait danser sa femme. Quel beau couple, songeait-elle alors en les regardant tournoyer, sa mère, élancée, visage rayonnant, sa main fine arrimée à celle, solide, de son mari, et lui, sourire irrésistible aux lèvres, cheveux bruns et drus qu'il recoiffait souvent en arrière d'une main désinvolte.

Victorine allait avoir quinze ans quand sa grand-mère adorée, Héloïse, est morte. Premier grand chagrin, première épreuve. C'est à toi, grand-mère chérie et vénérée, que j'adresserai mes prières dorénavant, plutôt qu'au bon dieu. Je suis certaine que toi, tu m'entendras toujours.

Elle avait demandé à son père de lui couper les cheveux en signe de deuil, avait regardé à travers ses larmes ses longues mèches soyeuses tomber au sol. Elle en avait conservé quelques-unes dans une jolie boite nacrée que sa grand-mère lui avait offerte. L'hiver avait été rythmé par le chagrin et le labeur.

Puis le printemps était arrivé. Victorine avait attendu le retour d'Armand avec une impatience croissante. Le jeune parisien arrivé avec l'été lui avait semblé plus séduisant encore. Ses cheveux ondulés encadraient son visage fin aux yeux en amande, son large sourire découvrait de belles dents blanches, sa carrure cette année était devenue athlétique. Mais ce qu'elle appréciait plus encore, c'était sa simplicité. Il avait une façon de l'écouter attentive et concentrée et lorsqu'ils discutaient, Victorine avait l'agréable impression qu'il ne voulait pas perdre une miette de ce qu'elle lui racontait.

Leurs conversations à l'ombre des tilleuls avaient repris

dans l'air tiède des beaux jours. Victorine l'écoutait lui confier ses rêves de devenir pilote et elle éprouvait un pincement au coeur en songeant à ses propres désirs.

Ses souvenirs rythmés par le tic-tac sonore de l'horloge déferlent comme des vagues douces et puissantes à la fois.

C'était un soir de juillet. Elle allait rentrer chez ses parents quand Armand lui avait demandé : Reste encore un peu.

Sur la place du village désertée, à l'abri des tilleuls, il avait passé son bras autour de sa taille et la chaleur de son corps avait enflammé ses joues.

Je me souviens, tu m'avais demandé, tout proche, ton souffle m'avait fait frissonner, la permission de m'embrasser. J'ai accepté. Mon coeur battait si fort ! Je le sens encore, ce baiser frais, doux, léger.

Il était reparti à Paris. Elle avait occupé son esprit en se dépensant sans compter. En plus de son travail au café-restaurant, elle proposait ses services de couture et de coiffure. L'argent gagné, elle l'économiserait pour reprendre ses études et devenir infirmière. Tout l'hiver, elle avait arpenté la campagne, juchée sur son vélo, pour aller coiffer ses clientes à domicile qui la remerciaient par des petits gâteaux pour ses ondulations et sa bonne humeur.

« Eh, ma fille, tu es bien joyeuse, tu es amoureuse ? » la taquinait Alphonse. Elle riait.

Oui, elle l'avait affronté joyeusement, cet hiver 36 glacial et pluvieux. Les dimanches, par beau temps, elle prenait le car pour Étretat avec une amie et elles retrouvaient leur chaperon, leur ancienne institutrice. Les jeunes filles se murmuraient des secrets en arpentant la digue, regardaient les garçons sans en avoir l'air, riaient pour rien. S'il pleuvait, elles allaient à la ferme voisine pour caresser les chevaux ; des loisirs simples, rares, précieux. Au plus froid de janvier, la chaleur du poêle à bois se diffusait timidement. Dans les chambres, on ne parvenait à se réchauffer qu'une fois le nez enfoui sous les épais édredons. Mais Victorine se moquait bien du froid cet hiver-là.

L'été, enfin. Elle avait guetté, frémissante, l'arrivée d'Armand, surveillant depuis son comptoir le maigre trafic des voitures. De belles automobiles en provenance de Paris, il en passait peu au bourg des Loges. Elle était allée frapper chez les grands-parents du jeune homme à plusieurs reprises. Mais à chaque fois, elle avait trouvé porte close.

Victorine triture la lettre entre ses doigts.

J'ai été bien malheureuse, oui, à m'en rendre malade, je n'en mangeais plus. Même mon père ne parvenait pas à me redonner le sourire. J'ai imaginé le pire. Je ne savais que faire. Qu'il a été rude, l'hiver qui a suivi ! Et puis il a bien fallu vivre.

Et le rire de Victorine a de nouveau enchanté les clients. À la maison, au café, elle chantait, et les clients accouraient. Derrière son comptoir, aux Loges, Victorine adoucissait leurs vies rudes en égrenant de sa voix claire les notes allègres du Tango des fauvettes. Elle avait mûri d'un coup ; à seize ans, on lui en donnait vingt.

Le décès de sa grand-mère adorée, le deuil porté pendant deux ans, les cheveux coupés. La rencontre avec Émile, en janvier, l'année de ses dix-sept ans. Leur mariage.

Victorine range la lettre au papier soyeux dans une boite recouverte de tissu bleu, tout en haut de l'armoire de sa chambre. C'est trop tard, Armand ! Si seulement tu m'avais écrit un peu plus tôt, j'aurais pu... j'aurais aimé... te retrouver, oui, peut-être, te prendre comme époux. Mais à présent, je ne peux que pleurer notre malchance, notre rendez-vous manqué. Pleurer et t'oublier. Es-tu toujours ce beau garçon tendre, sensible, amusant, à la bouche si douce ? Non, non ! Je ne dois pas penser à ça. J'aurais été mal à l'aise dans sa famille. Émile et moi, nous sommes du même monde, je suis à ma place ici.

C'est l'heure d'ouvrir son café à présent. Victorine vérifie sa tenue devant le miroir de l'entrée, se force à sourire, se redresse et se dirige vers la grande salle.

Ses premiers clients l'attendent devant la porte en se frottant les bras pour se réchauffer. L'un d'eux lui lance en souriant :

– Boujou Victorine, fait frisquet, j'allons prendre froué. Sers-nous vite un p'tit café !

Les mots claquent et s'impriment dans l'air matinal sur de petits nuages de buée blanche et givrée. L'hiver est là.

Mais ces lettres, ces lettres qu'il prétend m'avoir envoyées, pourquoi ne les ai-je jamais reçues ? songe-t-elle encore avant de laisser ses clients s'engouffrer à l'intérieur.

***

Les loges - 10 novembre 1938

Victorine contemple la devanture de son établissement et sa toute nouvelle enseigne aux lettres soigneusement calligraphiées : *Café - Chez Victorine.*

— C'est parfait Émile, les lettres ne sont ni trop grandes, ni trop petites. C'est exactement comme je voulais !

Émile sourit, pinceau dressé. Il s'est particulièrement appliqué.

Victorine l'aime beaucoup, cette maison de ville aux murs de silex blond, avec ses grandes portes-fenêtres soulignées d'une fine mosaïque de pierre blanche. Aux fenêtres des chambres, à l'étage, elle a suspendu des géraniums rouges. À l'arrière s'étend un grand jardin bordé d'hortensias et de lilas avec un côté en herbe et un autre recouvert de graviers où trois petites tables et chaises de jardin ont été disposées. Les clients pourront s'y s'assoir aux beaux jours, sous les pommiers. Elle s'y voit déjà.

Dans la grande salle dallée de noir et blanc, le soleil pénètre à flots à travers quatre larges ouvertures. Le comptoir en zinc, majestueux, rutilant, est l'oeuvre d'Alphonse. Il y a passé beaucoup de temps, ce travail lui a arraché des jurons et il a failli y laisser un pouce, mais le résultat est superbe. Quant aux tables et aux chaises au bois patiné par le temps, tout en courbes, elles sont simples et solides.

Pendant qu'Émile nettoie ses pinceaux, Victorine pose de fins rideaux de dentelle blanche aux fenêtres. Une fois ce travail achevé, elle accroche au mur quelques belles affiches encadrées : « la Dame en rose », une opérette à succès, « Dédé », une autre opérette dont Alphonse connaît par coeur la chanson interprétée par Maurice Chevalier : « Dans la vie faut pas s'en faire. » Et aussi deux affiches représentant Mistinguett et Lucienne Boyer, des chanteuses que Victorine aime beaucoup.

Elle s'assied un instant pour admirer le résultat. Leur café. Peu avant le mariage, les parents d'Émile avaient informé leur fils de leur souhait de vendre leur établissement. Ils en « avaient assez », les clients leur « cassaient les pieds ». À vrai dire, le père d'Émile devenait de plus en plus désagréable et il faisait fuir la clientèle. Quant à sa mère, sa langue bien pendue lui causait bon nombre de fâcheries avec tout le monde. Il était bon pour chacun qu'ils changent d'activité.

Lorsque Émile en a parlé à Victorine, elle s'est tout de suite montrée intéressée, enthousiaste même :

— Et si on leur rachetait, nous, leur affaire ? Je m'en occuperais et toi, tu pourrais t'installer à ton compte comme artisan peintre. Tu sais, je travaille avec mes parents depuis des années, ce métier, je le connais par coeur.

Émile hésitait :

— Tu n'as que dix-huit ans...

Mais au fil des jours, l'idée d'être sa propre patronne plaisait de plus en plus à Victorine. Elle avait su convaincre son mari ; le *Café du Lion d'Or* des parents Belloc allait devenir *Chez Victorine.*

L'affaire avait été conclue en bonne et due forme, devant notaire. Chaque mois, le jeune couple devrait s'acquitter des remboursements, avec intérêts.

Les parents d'Émile ont ouvert un garage à la sortie du bourg. Victorine est soulagée qu'ils ne soient pas installés trop près de chez elle ; son beau-père n'est pas sympathique, quant à Marthe, sa belle-mère, c'est un drôle de personnage. Victorine ne parvient pas encore à la cerner, mais son regard perçant la met mal à l'aise.

Quant au café-restaurant d'Alphonse et Lucie, *Le Train Bleu*, il se situe à une centaine de mètres seulement de *Chez Victorine* et les clients s'amusent de la joyeuse concurrence entre le père et la fille.

Émile et Victorine s'apprivoisent. Elle apprécie son honnêteté, il admire son énergie. Elle le respecte. Il la regarde. Elle chante. Il ronchonne. Elle est solaire. Il est taciturne. Elle pense de moins en moins souvent à la lettre.

Alphonse a pris l'habitude de passer au café de Victorine chaque matin pour tenir la chronique des événements.

Un samedi d'octobre, juché sur un tabouret au comptoir, face à sa fille, il n'a pas commenté, pour une fois, la rubrique des sports dont le nouveau héros est ce jeune boxeur prometteur, Marcel Cerdan, surnommé « l'homme aux mains d'argile ».

– Et voilà ! Daladier et Chamberlain ont signé les accords de Munich. Tu parles d'une belle bande de lâches ! On a évité la guerre, peut-être, mais on s'est déjugés. C'est pas beau ce qui se passe, je te le dis, ma fille ! C'est sûr, les gens n'ont pas envie de revivre 14-18... Mais après l'annexion de l'Autriche, maintenant que ce maudit Hitler a pris les Sudètes, moi je te le dis, il ne va pas s'arrêter là.

Alphonse ponctue sa tirade d'un grand coup de journal sur le comptoir.

– Papa, arrête de faire ton oiseau de mauvais augure !

– Ma fille, je te rappelle que les Sudettes, on y parle peut-être teuton, mais c'est en Tchécoslovaquie, que je sache ! Et la France est alliée à ce pays. Alors, je suis réaliste, c'est tout.

Nouveau coup de journal.

– J'aimerais mieux me tromper, crois-moi... Allez, je file ouvrir, sinon, ta mère va m'écharper.

Victorine refuse de se laisser gagner par l'inquiétude. Elle se concentre sur son travail.

Mais en cette fin d'année 1938, marquée par des tensions politiques extrêmes dans toute l'Europe, des événements terribles se produisent. Dans les journaux, on lit des mots épouvantables : « Terribles pogroms en Allemagne. Synagogues incendiées dans toutes les villes du Reich. Magasins appartenant aux Juifs saccagés et pillés. Nuit de Cristal. »

Le monde a basculé.

Dans l'ambiance opaque de ce mois de novembre, Victorine tombe enceinte. Lorsqu'elle a annoncé la nouvelle à Émile, il est resté muet un long moment, puis il l'a embrassée, tendre et maladroit.

Son ventre s'arrondit doucement tandis qu'elle découvre la vie de patronne de café. Elle se plaît beaucoup dans son établissement, libre d'organiser son travail à sa guise, fière de ses nouvelles responsabilités. Des clients taquins parient une bouteille de champagne que le bébé naitra avant la date « réglementaire », sous-entendu moins de neuf mois après le jour des noces. Mais Victorine sait bien que son bébé a été conçu dans le respect de la bienséance. Elle rétorque, amusée :

— Allons donc... Parions !

Lorsque son ventre devient trop gros pour qu'elle puisse s'assoir derrière le comptoir comme d'habitude, elle reste debout, sans jamais se plaindre.

Le 31 juillet 1939, Albertine vient au monde. Victorine n'a pas encore dix-neuf ans mais se sent tout à fait prête à être mère. C'est une chose à laquelle elle songe depuis longtemps. Elle contemple son Albertine, sa petite fille aux joues « rose-bonbon », comme dit Alphonse, et s'émerveille en pensant que c'est elle qui a donné la vie à ce petit être.

Ma fille. Ma fille à moi.

Mais vite, trop vite, elle doit reprendre le travail. Elle demande à Émile, avec un peu d'appréhension, de la remplacer au café. Juste le temps qu'elle se remette de l'accouchement. Il accepte de mauvaise grâce.

Pourvu qu'il soit aimable ! Il est tellement réservé qu'on pourrait en déduire qu'il est hautain, voire méprisant. Elle sait, elle, que c'est de la timidité. Pour lui, tenir le café, servir les clients, converser, c'est tout sauf naturel. Aussi, lorsqu'il retrouve Victorine dans sa chambre, en fin de journée, n'est-elle pas très étonnée par son air maussade. Les gazouillis d'Albertine la réconfortent.

Après une petite semaine de repos, Victorine fait son entrée au café avec sa fille vêtue d'une jolie robe de dentelle blanche et d'un bonnet tricoté au crochet par Lucie.

Elle a droit à une salve d'applaudissements.

Georges, le poissonnier, un grand gaillard frisé pourvu d'un ventre proéminent, s'écrie :

— Hourra ! Bienvenue à Albertine !

Albert, un jeune pêcheur qui travaille pour Georges, renchérit :

— Alors Victorine, tu paies ta rincette ?

Elle éclate de rire :

— Oui, mais n'oubliez pas votre pari. J'ai gagné, vous me devez le champagne.

— Oh tu perds pas le nord, toi !

Elle trinque avec eux à la naissance d'Albertine. Elle aime de plus en plus l'ambiance du café, toute cette vie autour d'elle ; les blagues de ses clients l'amusent. Cette chaleur humaine lui fait oublier la fatigue accumulée.

Si seulement Émile pouvait se montrer un peu plus tendre, un peu plus gai. Ce visage fermé, quand il rentre du travail… Pourtant, il est heureux d'être père, Victorine le sait.

Elle est d'humeur songeuse, souvent, en rangeant la grande salle, lorsque le dernier client est parti et qu'Émile va rentrer du travail. La balade à Yport lui semble déjà loin. Ses désirs lui paraissent moins vigoureux, le ciel moins pur, l'adolescence comme envolée.

Victorine, toute à ses préoccupations de jeune épouse, de jeune patronne, de jeune maman, ne prête qu'une oreille distraite aux inquiétudes de son père concernant Hitler et la situation politique. Cette année 1939 passe si vite et elle a tant à faire !

Mais le 1er septembre, un coup de tonnerre ébranle la terre entière : Hitler a envahi la Pologne, déclenchant l'entrée en guerre immédiate de la France et de l'Angleterre.

Alphonse s'étrangle en parcourant les journaux :

– Je vous l'avais dit qu'il ne s'arrêterait pas là, ce fou. C'est la guerre !

Une guerre à laquelle personne ne voulait croire. Chacun a encore en tête les horreurs, les privations, les morts de 14-18 ; chaque famille y a perdu un fils ou un mari, et ceux qui en sont revenus n'étaient plus les mêmes. C'était il y a vingt et un ans seulement. Autant dire hier.

Le lendemain matin, Victorine et Lucie découvrent les ordres de mobilisation générale placardés sur les murs de la mairie. Lucie est blême, incapable de prononcer un mot. Elle ne peut détacher ses yeux de l'affiche. Victorine serre fort sa main glacée. Elle-même se sent prise de vertige.

Peu à peu, tout le village se presse devant les affiches, « la guerre », « c'est la guerre ! » Les visages se creusent, l'anxiété se lit dans les regards. Certains restent prostrés, d'autres éclatent en sanglots. Les plus jeunes s'interpellent, la mine sombre :

– Tu pars ?

– Oui. Et toi ?

— Oui, moi aussi. C'est demain, nom de dieu.

Pour la première fois de sa vie, Victorine ressent la peur dans tout son corps, dans son ventre qui vient d'enfanter, dans ses jambes et ses bras qui ne doivent pas trembler.

Hier je me mariais, mon bébé vient de naitre, un tel bonheur ! Aujourd'hui, c'est la guerre. La guerre... Quelle horreur ! Mon mari, mobilisé. Tous les hommes en âge de se battre doivent partir. Je n'arrive pas à y croire, comment est-ce possible ?

Pourtant, tout cela est bien réel. Le triste dimanche 3 septembre est celui du départ des appelés, organisé dans l'urgence. Les gamins errent dans un silence inhabituel ; leurs mères viennent de leur annoncer en pleurant que leurs pères devaient partir « à la guerre ».

Albert, le jeune pêcheur, vient faire ses adieux, sac à l'épaule, le pas lourd. Il serre fort les mains d'Alphonse et de Victorine. Tous les deux le réconfortent comme ils le peuvent.

D'autres clients se joignent à eux. Des hommes trop âgés pour être appelés étreignent leurs garçons, un fils pour les uns, un jeune frère ou un neveu pour d'autres. La mère d'Albert ne peut retenir ses larmes. Lucie murmure des encouragements.

La veille au soir, une fois Albertine couchée, Émile a entrainé Victorine dans le jardin. La journée avait été douce et des parfums d'herbe tendre flottaient dans la fraicheur du soir. Seuls des chants d'oiseaux, quelques trilles légères, rompaient le silence.

Émile a senti sa femme trembler, tout contre lui. Il a rajusté le châle dans lequel elle s'était emmitouflée et l'a enlacée.

— Tu vois cette étoile, tout au bout de la Grande Ourse ? Ce sera notre étoile. Je la regarderai chaque soir en pensant à toi.

Victorine s'est serrée contre lui.

— Allons, ne pleure pas...

Oui, Émile, ce sera notre étoile à tous les deux.

Ce sinistre matin du départ, il a embrassé Victorine puis sa fille, les yeux mouillés, réduits à deux fentes. Victorine l'a accompagné dans la grisaille froide de l'aube.

Son paquetage à l'épaule, il s'est retourné juste avant de disparaitre au bout de la rue et l'a regardée intensément, regard très clair sous la visière de sa casquette.

Victorine est sonnée, comme un boxeur tombé à terre pour la première fois, un boxeur qui a encaissé ses premiers coups et ne sait pas encore s'il va parvenir à se relever.

***

Les Loges - Septembre 1939

Ce premier soir sans Émile, Victorine, assise sur le bord de son lit, contemple longuement Albertine endormie, paisible.

Mon bébé, tu as à peine un mois, tu es si petite, si fragile. Innocente. Ton papa, parti combattre... J'espère que je saurai te protéger.

Elle se couche et laisse couler ses larmes. Elle ne peut trouver le sommeil, ses pensées se bousculent, tournent en boucle. L'angoisse l'étreint ; la nuit lui semble interminable, telle un long cauchemar dont elle ne parvient pas à s'extraire.

Le matin, la jeune maman émerge d'un mauvais sommeil avec en tête les adieux de la veille : Émile s'éloignant chargé de son barda, col de veste relevé, pantalon marron de velours côtelé ; son dernier regard avant de disparaitre au bout du chemin ; elle, qui lui envoie un baiser du bout des doigts, Albertine serrée fort dans ses bras ; les bruissements de pleurs ; la poussière sur la route. Et puis, plus rien.

Elle pousse un long soupir... Allez ma fille, ça ne sert à rien de t'apitoyer sur ton sort. Il y a pire ! Toutes ces horreurs, tous ces gens qui souffrent... Ton bébé a besoin de toi. Debout ! Tu vas ouvrir ton café et remonter le moral des troupes.

Marthe vient proposer son aide.

— Ne vous inquiétez pas, mon père va m'aider, lui répond Victorine.

— Comme tu veux, ma fille, répond Marthe, bouche pincée, avant de ressortir, petits yeux noirs, manteau noir, chapeau noir.

Supporter les regards inquisiteurs de ma belle-mère toute la journée, ah non ! C'est déjà assez difficile comme ça...

Quelle étrange journée ! Le soir venu, Victorine, épuisée, lourde de chagrin et d'angoisse, sombre dans un profond sommeil.

Les jours suivants, elle écoute la radio avec appréhension ; les nouvelles sont très confuses et tout sauf rassurantes. Chaque matin, de bonne heure, Alphonse vient lui lire les titres du Petit Havre, qui n'annoncent rien de bon, eux non plus.

L'automne s'installe, et Victorine, d'habitude si sensible à ses couleurs flamboyantes, n'y prête pour une fois aucune attention. Chaque jour, elle accomplit son travail, s'affaire à la maison, dorlote sa fille. Mais il lui semble qu'autour d'elle, tout se délite lentement. Le soir, dans sa chambre, elle éprouve une drôle de sensation : l'impression que depuis quelques temps rien n'est réel... Nous sommes en guerre. Mon mari est « à la guerre ». Elle a beau se répéter ces phrases, elle ne parvient pas à y croire totalement, à y trouver de sens.

Les jours sont courts, les nuits interminables. Le matin au réveil, rien ne semble changé. Puis elle réalise : tout est différent.

Dès le mois d'octobre, les premières restrictions alimentaires surviennent. La journée du mardi est décrétée sans viande, pour permettre à l'armée de fournir les rations nécessaires aux soldats. Comme toutes les femmes du voisinage, Lucie et Victorine se précipitent dans les épiceries pour faire des provisions de sucre, de riz, de pâtes. Au fil des jours, le beurre, le lait, la farine, la viande, commencent à manquer mais aussi le charbon pour chauffer la maison. Victorine tremble pour Émile.

Souffre-t-il du froid, de la faim, là où il se trouve ?

Un matin, Alphonse fait irruption, rouge, essoufflé, journal à la main. Il annonce à la cantonade :

– Ils ont construit des abris souterrains à Étretat pour abriter la population au cas où les Boches lanceraient une attaque chimique. Et ils vont distribuer des masques à gaz.

Il se tourne vers sa fille :

– Tu devrais venir habiter chez nous avec la petite. On serait plus tranquilles, ta mère et moi.

– Non papa, je préfère rester ici. Je me sens en sécurité, je t'assure. Dès la nuit tombée, je m'enferme à double tour. Je ne crains rien.

– T'en fais toujours qu'à ta tête, de toute façon. T'es machue !

Alphonse, visage soucieux, s'assied à sa place favorite, au bout du comptoir.

– Viens plutôt m'aider, papa. À la mairie, ils ont dit aussi qu'il fallait protéger les vitres avec des bandes autocollantes pour éviter qu'elles explosent, si on est bombardés.

En guise de réponse, Alphonse lit à voix haute :

– « Le Golf Hotel d'Étretat et une partie du casino ont été réquisitionnés pour abriter l'Hôpital Américain de Neuilly en cas d'afflux de blessés du front. »

– En attendant, aide-moi. Au cas où ils lâchent une bombe devant ma porte.

Alphonse et Victorine s'appliquent à coller les larges bandes sur la devanture, ce qui suscite les questions des premiers clients :

– On protège la baraque, Victorine ? Cha va-t-y être efficace ces machins-là ?

Si seulement Victorine le savait ! Elle est encore plus préoccupée par le cas d'Albertine qui a attrapé une bronchite avec les premiers froids. Lucie vient s'occuper d'elle. À chaque fois que Victorine monte dans la chambre pour lui donner le sein, elle guette, anxieuse, la moindre amélioration. La nuit, elle lui chante des chansons douces et la garde dans son lit pour la réchauffer. Blottie contre Albertine, Victorine enfouit son nez dans le petit cou blanc et respire sa bonne odeur de bébé aux senteurs de biscuit, de lait, d'amande, de pomme : un parfum délicieux et unique qui a le don de l'apaiser. C'est le meilleur moment de la journée, un instant de bonheur, juste elles deux. Elle ne sait plus alors qui protège l'autre et cette tendresse infinie lui fait un bien fou. Albertine, son réconfort, sa source de joie au milieu de tout ce chagrin.

Oui mon bébé, ton papa va revenir, je le sens, il va rentrer bientôt. Tu veux un bécot, un petit baiser-papillon ? Dors, ma toute mignonne. Dors, mon p'tit poulot.

La bronchite d'Albertine passe ; l'habitude de dormir ensemble reste. Cette vie en symbiose et ces nuits réconfortantes tissent entre elles deux un lien magique. Une sorte de fil invisible les relie et Victorine ne se sent jamais « seule », malgré l'absence de son mari.

Son mari. Depuis son départ, des semaines puis des mois se sont écoulés et elle est toujours sans nouvelles, si ce n'est celles que diffusent chaque matin les journaux d'Alphonse. Elle sait juste que les armées françaises et allemandes n'ont pas encore engagé de combats, et cela la rassure partiellement. Elle attend. Elle apprend la patience.

Mi-janvier, une lettre officielle lui parvient. Tremblante, elle s'isole dans sa chambre pour ouvrir l'enveloppe au dos de laquelle est inscrit : 324e Régiment d'Artillerie Terrestre.

Sedan, 11 janvier 1940

Ma chère femme,

Tout d'abord, sois rassurée, je vais bien. Après de nombreux déplacements, mon régiment s'est arrêté dans la région de Sedan, sur la ligne Maginot. Depuis quelques semaines, nous sommes postés dans un bourg où nous commençons à nous organiser. Enfin, je peux t'écrire !

Au début, nous avons effectué beaucoup de tâches de préparation, d'aménagement et de sécurisation des casemates, mais à présent, les journées nous semblent très longues. Le gros de notre activité, c'est de creuser des kilomètres de tranchées dans la gadoue. Tout cela finit par sembler absurde. À part ces travaux, les patrouilles et les corvées diverses, on s'ennuie ferme. Il ne se passe quasiment rien et la situation ne semble pas évoluer. Ce qui est certain, c'est qu'il fait un froid glacial.

Ne t'inquiète pas trop, nous mangeons à notre faim, c'est déjà ça. J'espère que vous allez tous bien, au pays. Embrasse Albertine et nos parents pour moi.

Ton mari qui pense à toi,

Émile

PS : N'oublie pas notre étoile

Les yeux de Victorine s'embuent. Tout son corps se détend. Le soulagement de le savoir en bonne santé se mêle au chagrin de l'imaginer depuis ces cinq longs mois dans le froid, sous la pluie, privé des siens. Elle laisse retomber ses mains sur ses genoux, regarde distraitement une mouette posée sur le toit en face, sourit en voyant le volatile ouvrir un immense bec pour moduler son cri strident. Enfin, elle a une adresse; enfin, elle va pouvoir adoucir un peu la situation de son mari !

Soudain, elle déborde d'énergie. Le jour-même, elle ressort ses aiguilles à tricoter et pendant plusieurs jours, elle tricote sans relâche : un pull chaud, des paires de chaussettes, une longue écharpe, des moufles. Dans son colis, elle glissera une photo d'Albertine et aussi de la nourriture : des biscuits, des conserves, de la viande séchée... Tout ce qui pourra améliorer l'ordinaire d'Émile.

Si dans les Ardennes le froid est glacial, c'est aussi le cas en Normandie. Après Albertine, c'est au tour de Victorine et Lucie de tomber malades. Marthe, à la santé de fer, vient en renfort. Elle soigne sa belle-fille à coups de grogs carabinés pour « faire sortir le mal ». Le soir venu, elle emporte la clé de Victorine et lui dit d'un ton péremptoire :

– Je t'enferme. Je viendrai voir si tu vas mieux demain matin et j'ouvrirai le café.

Victorine est trop faible pour protester.

Mais au milieu de la nuit, Marthe fait irruption dans sa chambre et la secoue sans ménagement :

– Réveille-toi, j'ai une bonne nouvelle.

Victorine émerge avec peine d'un sommeil fiévreux :

– Laissez-moi dormir. Demain. Je verrai demain...

– Mais non, réveille-toi donc ! Ce sont des nouvelles de ton mari.

Victorine, cette fois, se redresse d'un bloc. Les yeux écarquillés, elle découvre alors Émile, tout sourire, sa casquette à la main, au côté de Marthe.

– Il est en permission, ajoute-t-elle d'un ton victorieux.

Sur ce, elle déguerpit.

Victorine se frotte les yeux, incrédule et éberluée, mais lorsque Émile se déshabille et se glisse sous les draps, la chaleur de son corps lui prouve qu'elle n'est pas en train de rêver.

Le lendemain, elle va beaucoup mieux.

Devant son bol de café fumant, Émile lui raconte son arrivée rocambolesque, la veille au soir :

– À deux heures du matin, j'ai frappé à la porte. Comme tu ne répondais pas, j'ai lancé des petits cailloux dans les volets.

– Je n'ai rien entendu. Je devais être assommée par la fièvre.

– J'ai cru que tu n'étais pas là. J'ai couru chez mes parents, j'ai réussi à réveiller ma mère qui m'a accompagné et m'a ouvert la porte.

– Je ne me rappelle même pas l'avoir vue, cette nuit.

Elle pose sa main sur celle de son mari. Il lui sourit.

– Comment ça se passe, là-bas ?

Émile répond dans un soupir :

– Les journées sont très longues. Je crois que c'est ça le pire : l'attente. Il y a des gars qui ne reçoivent jamais de courrier, ils n'ont pas le moral. Moi j'ai reçu tes colis, ça m'a fait plaisir.

Émile s'interrompt, pensif. Victorine sent qu'elle ne doit pas poser trop de questions. Il reprend :

– Heureusement, il y a les permissions. Mais les gars disent que c'est encore plus dur au retour. On commence à se demander ce qu'on fout là-bas.

– Quelle drôle de guerre… Comment occupez-vous vos journées ?

– Il n'y a pas grand-chose à raconter… C'est toujours pareil : le matin, les corvées. Puis les patrouilles, les travaux pour planquer l'artillerie. Renforcer les tranchées. Le soir, les gars jouent aux cartes ou aux dames. On tue le temps, quoi. En face, j'imagine qu'ils font pareil, les Boches. On les entend chanter, à la nuit tombée.

Victorine sent combien son départ prochain angoisse Émile. Pour elle, c'est une brève respiration. Elle s'efforce de profiter de l'instant présent sans penser au lendemain.

En l'honneur d'Émile, elle a disposé sur les tables des petits bouquets de cyclamens mauves.

Les trois jours de permission passent vite ; déjà, il doit repartir.

***

Sedan - Mars 1940. Émile

Seul le goutte à goutte de la neige fondue sur le rebord de la fenêtre trouble le silence qui règne enfin dans la caserne. Émile, sur sa couche dure et froide, tente de trouver une position qui soulage son dos. Il a déneigé les abords du fort cet après-midi à grands coups de pelle douloureux. Le vent est violent depuis une semaine, les tâches en sont d'autant plus pénibles. Il pense à Victorine. C'est à peu près la seule chose qui le fasse tenir, qui l'empêche de céder à la tentation de la bouteille comme beaucoup de gars de sa division. Et Albertine, bien sûr. Mais sa femme, encore plus. La première fois qu'il l'a vue, il a su que ce serait elle et pas une autre. Ébloui. Dans le café, elle s'est retournée, un plateau dans les mains, ses yeux ont croisé les siens, des yeux dorés comme il n'en avait jamais vus, et des éclats de lumière ont traversé la pièce. S'est-elle aperçue de son trouble ? Sûrement pas, tout occupée qu'elle était à rire des blagues de son cousin. Heureusement qu'il était déjà fiancé, celui-là ! Il n'aurait plus manqué qu'il la lui pique. Émile a été frappé par un coup de foudre, littéralement. Il a baissé la tête pour cacher son visage embrasé. Le temps qu'il se reprenne, elle se tenait à côté d'eux :

— Qu'est-ce que je vous sers, Messieurs ?

Sa voix claire et fraîche. C'était la première fois qu'il l'entendait mais elle lui avait semblé familière. Une évidence. Se pouvait-il qu'une femme pareille habite le même bourg que lui et qu'il ne l'ait jamais remarquée ?

— Elle a changé, la gamine, pas vrai, Émile ?

Clin d'oeil du cousin. Il l'aurait tué. Il a piqué un fard

à nouveau, l'autre le regardait, hilare. Il avait déjà tout compris.

Pendant des jours, Émile a réfléchi. À vingt-quatre ans, il n'avait jamais rencontré une femme qui le trouble autant. Il avait eu quelques histoires, mais rien de sérieux. Rien qui lui donne envie de fonder une famille. Mais celle-ci, il ne voulait pas la laisser passer. Il savait qu'il n'y aurait pas une deuxième Victorine. Plus les jours passaient, plus il en était convaincu ; cette femme-là, elle était pour lui. Il était retourné au café plusieurs fois, seul, l'avait observée à la dérobée. Sa conviction s'était forgée dans ce coin de salle, un journal à la main pour se donner une contenance. Elle était dotée d'un air franc et réservé à la fois, de la joie naturelle et de la bonne humeur dont la nature avait omis de le pourvoir ; auprès de cette femme, il serait comblé. Il se voyait déjà à son bras. Elle conjurerait le sort qui l'avait fait naitre dans une famille si peu douée pour le bonheur. Elle serait sa face solaire, sa moitié joyeuse, son refuge.

Mais il n'y avait pas que ça. Il la trouvait extraordinairement belle. Il ne pouvait s'empêcher, lorsqu'elle traversait la salle à grandes enjambées, de détailler sa taille fine, ses belles épaules, il devinait ses jambes, ses hanches, ses seins, il imaginait ses mains à lui sur ses hanches et sur ses seins, et des désirs incandescents le gagnaient, alors même qu'elle lui inspirait tant de respect. Il lui fallait agir. Jamais il ne s'en serait cru capable, lui le timide, le taiseux ! Mais cette chance, il ne voulait pas la laisser passer. Tout le reste serait facile après ça. Il lui a écrit un mot qu'il lui a remis en même temps que le règlement de sa consommation, en la regardant droit dans les yeux. Elle a souri, un peu gênée, a pris le petit papier plié en quatre, l'a mis dans la poche de son tablier sans le lire. Il est sorti en pensant que si elle ne venait pas à son rendez-vous, il ne la reverrait jamais.

Sur son lit étroit, malgré le froid, l'humidité qui pénètre ses os, le goutte à goutte exaspérant, la douleur et l'angoisse, Émile sourit. Il sourit en projetant au plafond de sa chambre des images de Victorine tournoyant dans sa robe de mariée. Tout ce blanc ! Les reflets satinés de sa robe évasée ! Ses belles mains brunes émergeant de cette nacre !

Et lui cet imbécile qui n'a pas su lui dire qu'il la trouvait belle, qu'il était fou de joie d'être son mari, qu'il était impatient de sentir sa peau contre la sienne et qu'il la chérirait toute sa vie. Si c'était si facile...

Mais les mots ne lui viennent pas facilement, comme à son père, ses frères, ses oncles ; comme aux Cauchois en général, ces hommes rudes et taciturnes, méfiants de nature, qui préfèrent éviter de révéler leurs sentiments et qui économisent leurs mots, car le silence vaut mieux que des paroles que l'on pourrait regretter. Lui, c'est autrement qu'il s'exprime : à travers ses toiles. Pas en exerçant son métier de peintre en bâtiment, non ! La pratique qui lui permet d'exprimer ce qu'il ne peut dire, il s'y adonne dans le secret de son atelier, lors de ses rares moments de tranquillité, entre deux chantiers. Ses toiles aux couleurs douces, aux paysages à mi-chemin entre rêve et réalité, aux barques entre ciel et mer, il les dissimule aux regards. Il n'aimerait pas que quelqu'un les voie. Cela attirerait les commentaires, les questions, et il serait obligé de répondre. Or, souvent, mieux vaut ne pas parler. Un jour, peut-être, il les montrera à Victorine.

Émile s'est endormi sourire aux lèvres, la présence de sa femme presque palpable à ses côtés, peau brune, hanche ronde, chevelure parfumée ; corps épousés.

Dehors, le vent mauvais redoublait et frappait durement les murs du fort. Au matin, la neige aurait tout recouvert et tout serait à recommencer.

***

Les loges - 10 mai 1940

« Bruxelles bombardée », « Bataille aérienne au-dessus d'Amsterdam ». Victorine frémit en lisant les gros titres des journaux. Les Allemands ont envahi la Belgique, la Hollande, le Luxembourg. Après huit mois d'attente interminable pour les soldats français, postés sur cette ligne Maginot que Victorine se représente comme un long serpent grisâtre, l'armée allemande a déclenché les hostilités et déferle sur la France. Des rumeurs de massacres, de viols, d'exode circulent. La confusion règne. Épouvantée, Victorine imagine Émile au milieu de la tourmente et adresse de ferventes prières à Héloïse. Ô grand-mère, je t'implore, fais que mon mari me revienne sain et sauf !

Des troupes françaises, le 4e bataillon de Défense Côtière, viennent s'établir aux Loges. *Chez Victorine* devient leur quartier général. Alphonse resserre sa protection discrète auprès de sa fille. Quelques jours après l'arrivée des troupes, il tente une nouvelle approche :

— Ma fille, est-ce raisonnable de continuer à tenir le café toute seule ?

— Mais oui, Papa. Ces militaires sont très respectueux avec moi. Ils sont là pour nous protéger. Ils ne me font pas peur, ils sont gentils, je t'assure.

— Gentils, gentils...

Lucie intervient alors d'un ton sans appel :

— Ton père a raison. Rester seule parmi tous ces hommes, avec tous ces événements, c'est trop dangereux. Je viendrai t'aider l'après-midi, et je ferai la fermeture avec toi.

Deux de ces soldats logent dans une dépendance attenante. L'un d'eux, Henri Martel, un lieutenant d'une trentaine d'années originaire de la région parisienne, a une fillette du même âge qu'Albertine et se prend d'affection pour elle. Un matin, dans la salle du café calme et ensoleillée, Victorine sert un café au jeune lieutenant qui prend Albertine sur ses genoux. D'une voix douce, il se moque gentiment de la fillette :

— Tu ressembles à un ouistiti, avec ton petit nez, lui dit-il en lui chatouillant le menton.

— Ouis-ti-ti... répète Albertine en riant.

— Mais tu es bien jolie, et bien gentille.

— zo-lie, zen-tille.

Il éclate de rire.

— Et tu es un vrai perroquet aussi ! Ton papa va être fier de toi quand il rentrera.

— Pa-pa... Pa-pa.

Victorine, qui écoutait leur échange d'une oreille amusée, se fige soudain en entendant sa fille. Elle se détourne pour cacher son émotion. Quand donc Albertine adressera-t-elle ces mots à son père ?

Alphonse et Lucie ne sont pas les seuls à s'inquiéter de cette présence masculine. Quelques jours plus tard, Marthe surgit et annonce sèchement :

— Ma fille, que tu le veuilles ou non, je viendrai tous les matins.

— Vous n'y êtes pas obligée.

— Ton mari serait content que je te surveille.

— Allons bon, je n'ai pas besoin d'être surveillée ! Je ne suis plus une enfant.

— Ne le prends pas mal, ma petite, mais je connais la vie mieux que toi. Les hommes, tu sais, ils sont capables de tout. Allez, sers-moi donc un café au lait et arrête de discuter. C'est comme ça, un point c'est tout. Bien chaud, le café au lait.

Elle ponctue en tapotant vigoureusement son drôle de petit chapeau orné d'une fausse marguerite. Victorine soupire et lui prépare sa boisson. Après tout, si sa belle-mère l'agace, elle doit admettre qu'avec son franc-parler et ses manières énergiques, elle peut tout à fait décourager un éventuel agresseur.

Victorine refuse toujours de s'installer chez ses parents mais elle s'y réfugie souvent. La bonhomie de son père et la gentillesse de sa mère la réconfortent. Alphonse fait rire Albertine aux éclats, il lui chante des comptines de son invention. Pendant ce temps, Victorine peut se reposer. Ces moments lui rendent un peu de sa joie et de son insouciance passée. Un peu, seulement.

Les jours suivants, Victorine voit affluer dans le bourg des familles entières, hommes et femmes d'âge mûr, vieillards et enfants, qui fuient les troupes allemandes et qui ont décidé de chercher refuge loin de chez eux. Ils marchent comme guidés par le hasard, dans d'improbables cortèges de charrettes à bras surchargées de bagages et de couvertures, de vélos aux sacoches remplies à craquer, de landaus d'où émergent petits pieds d'enfants et objets hétéroclites. Elle a même vu, sans pouvoir en croire ses yeux, une femme assise dans une brouette, poussée par son mari, appuyée contre une valise, les jambes pendantes.

Tous ces pauvres gens se reposent quelques jours au bourg, hébergés chez les uns et les autres, puis repartent. Certains semblent avoir perdu la raison. Qu'ont-ils vu ? Qu'ont-ils vécu ? Victorine a la sensation qu'ils ne sont plus tout à fait humains.

À quelques centaines de kilomètres de là, les bombardements, la peur, l'angoisse de revivre les atrocités de la guerre, ont jeté les gens sur les routes. Les nouvelles sont confuses, car la presse française est depuis le 10 mai totalement muselée, soumise au contrôle allemand. Ce n'est pas facile dans ces conditions d'y comprendre grand-chose... Mais on sait, par les personnes qui fuient leurs pays, que les Panzers de « ce diable de Hitler », comme l'appelle Alphonse, sèment la mort et la destruction sur leur passage.

Un matin de ce terrible mois de mai, leur voisine, Marie Loustel, pénètre dans le café et se laisse choir sur une chaise. L'épicière au chignon toujours impeccable, d'habitude joviale, arbore une mine défaite. Elle déclare d'une voix faible :

– Je n'aurais pas cru voir ça un jour. Les gens de la belle maison en face de chez moi...

– Les Dupeyroux ?

– Oui. Ah mon dieu, ah mon dieu...

– Quoi ? Racontez, Marie !

– Ils ont voulu fuir en voiture, il y a trois jours. Toute la famille : les parents, la grand-mère, les trois enfants. Ils m'avaient confié les clés, ils s'étaient entassés dans la Citroën, en me racontant des horreurs sur les massacres, les enfants assassinés, les viols. Ils étaient terrifiés. Eh bien, ce matin, ils ont toqué à ma porte.

– Ils sont revenus ? s'exclame Victorine.

Les rares clients présents se sont rapprochés des deux femmes et écoutent, attentifs. L'épicière hoquète, le visage à demi dissimulé par des mèches échappées de son chignon.

– C'est affreux, affreux ! La grand-mère a été tuée net par une rafale, sous les yeux des petits.

– C'est terrible... murmure Victorine.

Marthe, qui vient d'arriver, en a oublié de retirer son chapeau. Elle s'assied à côté de sa belle-fille, les yeux ronds, tout en secouant la tête d'un geste de dénégation, la marguerite de son chapeau tournoyant follement sur sa fausse tige.

Marie Loustel poursuit entre deux sanglots :

– Ils se sont trouvés pris dans un flot de pauvres gens qui fuyaient comme eux, qui voulaient aussi prendre le bac du Hode pour passer la Seine. Mais il y avait une file d'attente immense, des camions, des charrettes, des voitures à bras, des poussettes...

Elle s'interrompt un instant, essoufflée, et reprend à mi-voix :

– Ils étaient là, à attendre, quand ils ont été visés par des avions allemands. Un vrai carnage... Ils m'ont dit qu'il y avait des morts partout. Des enfants, même. Les gens hurlaient, couraient dans tous les sens pour échapper aux rafales, ils se couchaient sous les voitures, se jetaient dans les ravins. Les Dupeyroux ont dû abandonner la grand-mère morte au milieu des cadavres pour ne pas être tués, eux aussi !

Après un long silence sidéré, Victorine demande d'une toute petite voix :

– Les enfants, comment vont-ils ?

– Ils sont épuisés... Les pauvres petiots, ils doivent être traumatisés, et la mère Dupeyroux, c'est simple, elle ne dit pas un mot, on dirait qu'elle est... comme morte.

Marthe rompt le silence en frappant du poing sur la table. Elle s'écrie :

– Saloperie de Boches !

Victorine propose à l'épicière de la raccompagner. Tout en fermant sa porte à clé, elle s'interroge ; leur faut-il fuir ? Fuir, c'est bien beau ! Mais pour aller où ? Avec quel argent ?

Elle imagine Émile, là-bas, dans les Ardennes ou elle ne sait où, sous la foudre des bombes, et invoque à nouveau la puissance supérieure d'Héloïse : Ô grand-mère, protège mon mari, protège notre peuple, je t'en prie !

Le soir, chez ses parents, Victorine s'enquiert :

— Papa, que va-t-il se passer quand les Allemands arriveront ? Qu'est-ce que tu en penses, toi ? On dit qu'ils approchent, que ce serait plus qu'une question de jours.

— Écoute, ma fille, je les ai vus de près, moi, les Boches. C'est rien que des hommes comme nous, ni plus, ni moins. Ils sont faits du même bois. Leurs soldats, ce sont des jeunes gars pas si différents des nôtres. Allons, ne t'inquiète pas, on en a vu d'autres.

Victorine hoche la tête, pensive. Dc quoi a-t-elle déjà eu peur, dans sa courte vie ? Elle pense à la vieille « sorcière » du pré au puits, derrière l'école, qui les avait tant effrayés, son frère et elle. Elle avait été courageuse, alors, en ne reculant pas devant la vieille femme qui avait fait détaler son frère : elle lui avait demandé poliment si elle pouvait cueillir quelques pommes de son verger. La paysanne édentée, finalement, ne s'était pas avérée si méchante, au contraire ; elle avait complimenté Victorine sur ses jolies tresses et l'avait laissée cueillir autant de pommes qu'elle le souhaitait. Les fruits étaient croquants et délicieux, Victorine en a encore le goût sucré en mémoire.

Elle se souvient aussi qu'à l'époque, elle avait eu une sacrée frousse... J'ai surmonté ma peur d'une « sorcière » à six ans. J'en ai dix-neuf, je dois bien être capable d'affronter de simples mortels.

— Papa, je me demandais... Où as-tu mis les masques à gaz qu'on nous a distribués ?

— Je les ai planqués dans un coin. Ça me rappelait trop de mauvais souvenirs.

— L'important c'est que tu les retrouves le jour où nous en aurons besoin, conclut Victorine, le front soucieux.

À l'entrée du bourg, les militaires du 4e bataillon ont monté des barricades et une pièce d'artillerie pour défendre les lieux. Cela laisse supposer à Victorine qu'en effet, les Allemands ne sont plus très loin.

Le 18 mai, Dieppe est bombardée ; le Havre, le lendemain. Le vacarme est tel que Victorine pense que cette fois, c'est leur tour. Elle ouvre sa porte, aperçoit au loin des avions qui se rapprochent. Le fracas des bombardements s'intensifie, pareil à des coups de tonnerre. Elle en ressent chaque secousse dans la poitrine. Ils sont là, tout proches à présent.

Elle se précipite vers la porte de derrière, celle qui donne sur les champs, pour rejoindre ses parents. Si elle doit mourir, au moins que ce soit avec eux ! Elle attrape Albertine et se met à courir, se tord les chevilles dans le chemin crevassé, puis s'arrête net, haletante : le bruit s'est éloigné. Aussi vite qu'ils sont arrivés, les bombardiers ennemis sont repartis.

Un calme relatif revient. Les voisins osent peu à peu sortir de chez eux, tremblants. Que vont-ils découvrir ? Mais par miracle - ou par la grâce d'Héloïse, qui sait ? - le bourg a été épargné.

Victorine et ses parents, les clients, les voisins, tous se retrouvent sur la place de la mairie. Au loin, en direction du Havre, retentissent à nouveau les grondements sourds des combats. Victorine pense avec anxiété à ceux de sa famille, cousins, oncles et tantes, et à leurs amis qui y habitent. Elle se réjouit pour une fois qu'Héloïse ne soit plus de ce monde.

Georges, le poissonnier du bourg, se tourne vers Alphonse et lui demande à voix basse :

— Es-tu au courant pour René Dublé ? Tu sais, le sergent d'Étretat...

— Ne me dis pas qu'il...

— Si. Il était à Malines, en Belgique.

— Bon dieu ! Je connais bien ses parents. C'était un bon p'tit gars. Saloperie de guerre, murmure Alphonse.

Ce jeune sergent est un des premiers jeunes hommes de la région à mourir au front. Tous restent un moment encore rassemblés devant la mairie, sans parvenir à parler.

Ensemble pour partager la tristesse. Puis ils finissent par rentrer chez eux à pas lents, tête basse, dos voûté.

L'armée allemande poursuit son avancée dans un déluge d'acier. Rien n'arrête les blindés du « Generalfeldmarschall » Rommel. Le 5 juin, Rouen est bombardée. Alphonse et Lucie hébergent des amis rouennais, Micheline et Jacques Lefort, dont l'appartement a été totalement détruit par les bombardements. Le 9, les Allemands prennent la ville. Ce jour-là, Victorine aperçoit en direction d'Étretat une épaisse fumée qui noircit le ciel bleu de cette journée de printemps. Elle en apprendra la raison un peu plus tard : les raffineries de pétrole du Havre sont en feu, ce qui a suscité de nouveaux départs dans la précipitation des habitants paniqués.

Le 11 juin, lorsque Victorine se réveille, les militaires français du 4ème bataillon ont quitté les Loges. Elle pense d'abord avec colère qu'ils les ont abandonnés. En réalité, ils sont partis dans la nuit vers Epreville, à quelques dizaines de kilomètres, pour tenter de stopper les troupes de Rommel. Un voisin rapporte que l'affrontement a été très violent. Malgré tous les efforts des Français, les Panzers d'Hitler l'ont emporté. Victorine apprend la mort pendant ces combats des deux soldats qui logeaient chez elle... Pauvre Henri Martel, il était si gentil ! Sa fillette, orpheline à présent.

Aux Loges, le maire annonce, l'air grave :

– Mes chers administrés, les Allemands attaquent partout : au Havre, à Fécamp, dans les campagnes. Bientôt, ils seront chez nous. Des avions ont mitraillé Étretat ce matin. Pour votre sécurité, il faut vous mettre à l'abri dès cette nuit, au manoir d'Estouteville.

Des lits de fortune ont été installés dans cette belle et vaste demeure que les Logeais surnomment le Château.

Victorine confie Albertine à Lucie... Combien de jours

allons-nous rester là-bas ? Mon dieu, tout cela est un cauchemar !

Elle court prendre quelques affaires avant de se hâter vers le Château. Mais à mi-chemin, elle réalise qu'elle a oublié les chaussures d'Albertine. Elle hésite, puis fait demi-tour. Les rues sont désertes à l'exception de quelques poules inconséquentes qui picorent au soleil.

Victorine se précipite à l'étage. Son coeur cogne douloureusement dans sa poitrine. Elle prend une couverture de plus pour Albertine, trouve les petites chaussures, les glisse dans sa poche.

Mais alors qu'elle ouvre la porte pour repartir, elle se retrouve face à une horde de motards qui stoppent net dans un nuage de poussière. Elle les a entendus trop tard, n'a le temps ni de se cacher ni de s'enfuir. En voyant les sigles « SS » au revers des vestes de ces hommes aux mines de mercenaires, elle reste paralysée d'effroi.

Ensuite, tout va très vite. En moins d'une seconde, ils la bousculent pour se ruer dans le café, brandissent leurs armes, en hurlant dans cette langue gutturale qu'elle redoute depuis des mois. Elle lève les mains très haut au-dessus de sa tête, retient sa respiration, récite une prière désespérée. Toujours hurlant, ils la font reculer brutalement, leurs pistolets braqués sur elle. Lorsqu'ils constatent qu'elle est seule dans le café, ils se calment un peu puis se mettent à rire en la regardant. Le coeur de Victorine s'emballe. Soudain, l'un des SS, un grand maigre, saute par-dessus le comptoir, brisant au passage des verres et des carafes. Il attrape des bouteilles d'alcool à pleines mains, verse de grandes rasades dans les verres rescapés. Les SS, tout à leur beuverie, semblent avoir complètement oublié Victorine.

Si je reste, je suis fichue. Ils vont se saouler et après, que va-t-il m'arriver ? Albertine, mon bébé, qu'est-ce que tu vas devenir sans moi ? Ô grand-mère, viens à mon secours !

Elle recule à petits pas, pousse la porte de derrière et se met à courir. Jamais elle n'a couru aussi vite ! Elle parcourt sans s'arrêter le kilomètre qui la sépare du château. À bout de souffle, incapable de prononcer un mot, elle tombe dans les bras de son père :

– Mais qu'est-ce qui s'est passé, ma fille ?

– Les Allemands... parvient-elle à articuler au bout de longues minutes. Les SS. Ils sont arrivés... pendant que j'étais dans le café.

Et elle s'effondre, secouée de sanglots sans larmes. Alphonse lui demande, la voix brisée :

– Ils t'ont fait du mal ?

– Non, non, Papa, rien, ils ne m'ont rien fait, j'ai juste eu... juste... une peur bleue. Ils hurlaient, ils me menaçaient avec leurs armes. J'ai cru qu'ils allaient me tuer, ou pire encore !

Chacun tente de la réconforter par des mots amicaux, des gestes tendres. Sa mère la serre contre sa poitrine, lui caresse tendrement les cheveux, et Victorine s'apaise, peu à peu. Un lourd silence s'est installé dans la grande salle. Soudain, Victorine met la main dans sa poche et en ressort les petits chaussons d'Albertine :

– C'est toujours ça qu'ils n'auront pas, dit-elle en les agitant vigoureusement.

Un rire libérateur éclate autour d'elle. Alphonse déclare fièrement :

– C'est bien ma fille, ça ! Y en a pas deux comme elle !

Une sorte de torpeur a envahi Victorine. Les heures passent lentement, de manière étrange ; un temps suspendu, car l'air de juin est doux et pendant quelques heures ensoleillées, Albertine joue avec les autres enfants sur le parvis fleuri du château, comme si les SS ne venaient pas de terroriser sa mère, comme si le feu des bombes n'avait pas jeté les habitants sur les routes. Albertine joue comme si son père n'était pas en train de risquer sa vie en compagnie de ses camarades d'infortune, comme si la grand-mère Dupeyroux n'avait pas péri, la veille, parmi des cadavres d'enfants, comme si Henri Martel et René Dublé n'avaient pas été tués par les balles ennemies. Comme si les familles présentes n'étaient là que pour jouir du parvis en fleurs.

Oui, comme si tout était normal, Albertine cueille des boutons d'or et les tend à sa mère avec son sourire adorable.

Est-ce que tout cela est réel ? se demande Victorine. Je vais me réveiller, Émile auprès de moi, dans ma vie d'avant.

Puis elle songe qu'après ce deuxième round, elle est toujours debout.

Le soir venu, avant de descendre dans les caves humides, aménagées en dortoirs sommaires, elle scrute le ciel d'encre, tente sans succès d'y apercevoir « son » étoile. Elle finit par aller se coucher, épuisée, Albertine serrée dans ses bras.

Le lendemain, le maire vient les informer du départ des SS, ceux-là même qui l'ont agressée :

— Ce sont de vrais mercenaires, violents, sans foi ni loi. Ils étaient là en éclaireurs, afin de préparer le terrain pour la Wehrmacht, l'armée de métier. Ces militaires-là ont meilleure réputation que les SS. Les choses devraient mieux se passer avec eux.

Pourvu qu'il dise vrai…

— D'après mes informations, l'arrivée de l'armée allemande est imminente, ajoute-t-il. Rentrez chez vous et restez enfermés jusqu'à nouvel ordre.

De retour au café, Victorine constate que les SS se sont servis très généreusement dans sa réserve d'alcool et de tabac. Et qu'ils se sont livrés à un saccage en règle : ils ont renversé et cassé des chaises, sali les banquettes, uriné dans un coin de la salle. Ses jolis rideaux de dentelle ont été arrachés et sont tachés de vomi... Quels salauds ! songe-t-elle avec colère, en essayant de remettre un peu d'ordre. Et quand l'armée va arriver, cette Wehrmacht, que va-t-il se passer ?

Soudain, elle pense à Héloïse ; Héloïse qui lui a toujours dit qu'elle était « née sous une bonne étoile » et que quoiqu'il arrive, elle s'en sortirait, car elle était forte, et courageuse, et intelligente, et que « dc nombreuses fées » s'étaient penchées sur son berceau. Héloïse lui disait souvent ce genre de choses, lui insufflant au fil des ans une confiance à toute épreuve et la sérénité de ceux à qui l'on a toujours dit qu'ils étaient doués. Victorine était « douée », par la grâce de sa grand-mère.

Aussi, lorsque tôt ce matin-là, le 13 juin, les forces de la Wehrmacht font leur entrée aux Loges, Victorine n'est-elle pas submergée par la panique. Dissimulée derrière les volets, aux côtés d'Alphonse et de Lucie chez qui elle a passé la nuit, elle regarde passer l'interminable colonne allemande : des véhicules blindés, de monstrueux engins chenillés, des voitures militaires et des motos conduites par des soldats casqués, armes et drapeaux rouges et noirs à croix gammée au poing, dans un vacarme infernal : une vision d'épouvante.

Victorine et ses parents se dévisagent, blêmes, incapables de prononcer un mot. La guerre est arrivée dans leur village, dans leur vie. Alphonse serre contre lui sa femme et sa fille. Il sait, lui, ce qu'est la guerre.

La colonne traverse le bourg sans faire de victimes et poursuit sa route vers Étretat. Ce n'est qu'une fois la poussière retombée que les habitants osent sortir de chez eux. Comment réagir dans cette situation inédite, ahurissante ? Les gens se concertent, palabrent, tout est redevenu si calme ! Difficile de croire à ce qui vient de se produire.

Que faire d'autre que de continuer à vivre ? Le lendemain de ce jeudi noir, Victorine ouvre donc son café comme d'habitude. Vers onze heures, deux officiers allemands franchissent le seuil de son établissement. Mue par une décharge électrique qui la secoue de la tête aux pieds, elle se précipite vers Albertine et la prend dans ses bras.

Sanglé dans son uniforme, l'officier le plus jeune s'avance vers elle. Victorine est pétrifiée. Incapable de prononcer un mot. Avec juste cette pensée furtive : plus rien ne sera jamais comme avant. Elle n'éprouve plus aucune sensation. L'officier s'approche comme au ralenti ; le bruit de ses bottes martelé lui parvient assourdi. Le temps semble s'être arrêté. Tenir debout sans que ses jambes ne flanchent. Serrer fort Albertine.

***

Tunis - Août 1984

Here comes the rain again... Dans les écouteurs de mon Walkman, Annie Lennox entonne le refrain de sa voix magnifique : chaude et profonde dans les graves, pure et cristalline dans les aigus. C'est beau à pleurer.

Pas de pluie ni de larmes pour moi aujourd'hui. Je viens d'atterrir à Tunis où je vais retrouver mon oncle et ma tante, Mouss et Albertine. Je les repère au niveau des arrivées, tout sourire, se hissant par-dessus la foule pour m'apercevoir. Albertine, cheveux châtains coupés courts à la Annie Girardot, jolie, bronzée, menue, en robe sans manches bleu ciel, sourire rayonnant. Mouss, charmant, élégant en polo blanc, sourire à fossettes qui monte jusqu'aux yeux. Un faux air de Sydney Poitier.

Mouss me tend un mechmoun de jasmin, un de ces petits bouquets traditionnels aux fleurs piquées sur des tiges d'alfa liées de fil rouge ; le jasmin, à l'odeur à la fois délicate et capiteuse, emblème de la Tunisie, est pour moi le symbole de la gentillesse et de l'hospitalité de mon oncle. C'est si bon, ces retrouvailles ! Je suis au comble du bonheur, comme chaque fois que j'arrive à Tunis pour les vacances.

En attendant ma valise près du tapis à bagages, je demande des nouvelles de mes cousines.

— Elles trépignent, on ne parle que de ton arrivée depuis des semaines. Loubna fait la sieste, elle sera en forme pour t'accueillir. Et Alma sort de classe à 16 heures. Nous irons la chercher ensemble au collège.

Loubna a quatre ans, de merveilleux yeux verts, des

cheveux comme du blé torsadé, un petit corps potelé et doré : un rayon de soleil. Alma en a douze. Brune, fière, le front haut, le rire intense, un je-ne-sais-quoi de déesse antique, elle ressemble beaucoup à notre grand-mère. Ensemble, nous nous chamaillons autant que nous rions. Loubna et Alma, ce sont un peu les soeurs que je n'ai pas eues.

Bras-dessus bras-dessous, nous prenons la route de la Marsa, dans la Mercedes bleu pétrole de Mouss, la « Merco », comme il la surnomme affectueusement. 200000 kilomètres au compteur. « Increvable ! » me dit-il en tapotant fièrement le volant de cuir.

Nous sortons du parking. La circulation est dense. Mouss évite de justesse un grand chien jaune. Ma tante m'interroge :

– Comment va ta mère ? Elle me manque...

– Maman va bien, très bien même. Ils reçoivent beaucoup d'amis à la maison, ils ont des projets de voyage.

– Et toi ma jolie chérie... toujours ton allure d'étudiante californienne ! Tu es heureuse ?

Moi ? J'ai dix-huit ans, la vie devant moi, une envie folle de m'amuser, et des projets excitants : au mois de septembre, je dois emménager avec deux copines dans un appartement à Marseille, tout près de l'école de journalisme où je vais bientôt découvrir le métier de mes rêves, alors oui, je crois bien que je suis heureuse.

Nous poursuivons joyeusement nos bavardages, interrompues par les nombreux coups de klaxon de Mouss. Pas facile de piloter dans le flot anarchique des mobylettes qui zigzaguent entre les files de voitures ! Sans compter les animaux de tout poil, chiens, chèvres, chats, et les paysans à califourchon sur leur âne qui changent de voie sans prévenir dans d'immenses nuages de poussière. Tout cela le long d'une interminable route bordée de palmiers et d'échoppes offrant aux regards une kyrielle de paniers d'épices et de fruits secs, des empilements de pains ronds et dorés, et aussi de sombres quartiers de viandes pendus à des crocs de boucher.

J'aime cette animation, cette vie qui jaillit d'entre les maisons blanches aux toits plats : gamins, ballon au pied, jeunes filles effrontées aux chevelures opulentes sous les regards placides de vieillards et de commères assis sur le pas de leur porte. J'aime tout ici, dans cette Tunisie où le parfum du jasmin chasse celui de la viande restée trop longtemps suspendue au soleil.

Le soir de mon arrivée, nous prenons l'apéritif dans le joli salon au sol et aux murs ornés de kilims chatoyants. Dans une vitrine, des poteries de Sejnane en forme d'oiseaux, de tortues ou de poissons côtoient des bijoux berbères en argent, des statuettes anciennes du sud tunisien, des coquillages nacrés, des photos de famille encadrées… Au beau milieu, un petit bouquet de fleurs séchées m'intrigue. Je questionne Albertine à son sujet.

— Oh ce bouquet… Un souvenir merveilleux avec maman ! Elle avait une voix magnifique quand elle était jeune. Un jour, on lui a proposé de tenir un rôle dans une opérette, « Violettes impériales », dans une petite salle de spectacle située près de chez nous. Elle tenait le rôle principal, celui d'une marchande de fleurs. Au moment des saluts, maman m'a lancé ce petit bouquet de violettes. Je l'ai attrapé au vol. Je l'ai toujours gardé. Je devais avoir six ou sept ans mais je m'en souviens comme si c'était hier. Maman était merveilleuse. Transfigurée ! J'en ai encore le frisson….

C'est pour ce genre d'histoires que j'aime tant Albertine.

J'ouvre ma valise. J'apporte toujours des petits cadeaux que j'ai plaisir à offrir, ces gourmandises qu'on ne trouve pas facilement en Tunisie : chocolat, fromage, cigarettes, whisky.

Albertine aspire voluptueusement une bouffée de Marlboro, puis prend une gorgée de Johnnie Walker. Elle soupire en se laissant aller en arrière, avec un sourire extatique :

– Ah, que c'est bon...

Nous trinquons à la joie, aux retrouvailles, aux vacances.

Je parcours la pièce du regard, curieuse et enchantée de redécouvrir la myriade de jolis objets qu'Albertine et Mouss ont disposés ici et là au fil des ans. Mes yeux se posent sur une toile, un coucher de soleil sur la falaise d'Étretat.

Je suis immédiatement transportée à cet endroit précis d'un de mes paysages d'enfance, un de ces lieux uniques qui m'évoque une multitude de souvenirs : les interminables parties de pêche aux vignots sur les rochers avec mes cousins, à l'abri de la Manneporte et de la mystérieuse « Aiguille creuse » de Maurice Leblanc ; les explorations au départ du « trou à l'homme », une vaste cavité naturelle creusée dans la falaise d'Aval, accessible seulement à marée basse. Par un étroit passage dissimulé tout au fond de la cavité, on pouvait traverser et ressortir de l'autre côté. Nous l'empruntions, mes cousins et moi, dos courbé pour ne pas nous cogner aux voûtes suintantes. Je m'y sentais une âme d'exploratrice, avançant à tâtons, mes yeux peu à peu habitués à l'obscurité. Je me souviens de mon excitation enfantine devant ce danger tout relatif. Nous devions quand même être de retour avant la marée haute pour ne pas rester coincés de l'autre côté, ce qui aurait corsé l'aventure.

Je me souviens aussi de nos ascensions jusqu'à la Grotte des Demoiselles dissimulée au fond d'un passage sinueux et dangereux qui redescend dans les entrailles de la falaise. L'endroit est sauvage et beau, et la légende dit que cette grotte a été la dernière demeure de trois jeunes sœurs, très belles, qui se refusaient au seigneur local de l'époque, le baron de Fréfossé. Furieux, le baron les y aurait emmurées vivantes. Au bout de quatre jours, une vieille femme aurait vu trois anges s'envoler de la crevasse : l'âme des trois soeurs. De quoi stimuler l'imagination de l'adolescente rêveuse que j'étais !

Ces falaises... J'y avais fait l'apprentissage du danger, m'approchant toujours un peu trop près du bord pour braver l'interdit des adultes et sentir la peur me nouer le ventre.

Les yeux toujours rivés au tableau, je songe qu'Étretat m'a offert mes plus grands bonheurs d'enfance : une totale liberté et le frisson de l'aventure ; une absolue sécurité affective auprès de mes grands-parents ; l'amour si joyeux de ma grand-mère.

M'arrachant à ces souvenirs, j'interroge ma tante :

— Je n'avais jamais prêté attention à ce tableau. Qui l'a peint ?

— Ton grand-père.

— Ça alors ! Je ne savais pas...

— J'ai deux tableaux de lui. Il me les a offerts quand je suis venue m'installer en Tunisie. Regarde celui-là... Je l'aime beaucoup aussi.

La toile représente une barque à la dérive sur une mer aux tons roses et mauves, sous un ciel d'argent.

— Il est magnifique ! Les couleurs sont très douces.

— Je crois que ça le détendait de peindre ce genre de choses, après son travail. Depuis qu'il est à la retraite, il s'y est remis. Il est doué ! C'est un artiste. Quand nous étions petites ta mère et moi, il avait fabriqué tous les meubles de notre chambre. Je me souviens d'une table de chevet à trois pieds... Il avait utilisé une palette de peintre en guise de plateau. C'était très original. Il nous avait aussi fabriqué une belle bibliothèque. Je me souviens, il avait déclaré : « C'est le plus important de tous les meubles. On ne peut pas vivre sans livres. »

C'est une facette de mon grand-père que j'ignorais. Je l'imagine dans son atelier, pinceau à la main, sa Gauloise brune éteinte au coin des lèvres, et tout à coup son odeur me revient, mélange de tabac froid, de mastic, de solvants, de peinture.

— Il est tellement silencieux, tellement réservé ! Mamie et lui, c'est tout l'opposé...

— Oh oui ! Autant il est secret, autant ta grand-mère est pour moi un livre ouvert.

Ma tante, passionnée, solaire, est la mémoire vivante de la famille. Elle a une énergie folle, une gaîté à toute épreuve et n'est jamais à court d'anecdotes étonnantes. J'aime sa sensibilité. Lorsque nous discutons, je me sens vraiment écoutée. Mais cette fois, c'est moi qui écoute. Elle poursuit :

— Avec maman, nous n'avons que dix-neuf ans d'écart, et quand j'étais jeune, nous étions presque comme deux soeurs. À quinze ans, j'ai commencé à travailler avec elle au commerce. À cette époque, elle tenait un café-tabac-presse. C'est là que j'ai découvert Elle, Marie-France, tous ces nouveaux magazines féminins, et aussi le Livre de Poche. Quand il n'y avait pas de clients, je bouquinais, assise par terre : le bonheur. Maman et moi, on se chamaillait parfois, mais on s'adorait. Le soir, on fermait le café ensemble. Il y avait souvent des bagarres dans la rue : des marins, ivres la plupart du temps, qui braillaient des grossièretés. Je nous revois, cachées derrière les volets, ils se bagarraient et nous, on se bidonnait comme deux gamines.

J'ai l'impression d'y être : la rue sombre aux pavés luisants, les matelots qui se lancent des invectives sous la lumière jaune des réverbères, qui s'attrapent au col et roulent par terre, sous les regards réprobateurs des passants. Et à l'abri derrière leurs volets, complices, Albertine et Victorine, aux premières loges.

— On s'entendait tellement bien ! Maman, c'était ma confidente, ma meilleure amie.

— Et avec papi, comment ça se passait ?

— Ton grand-père, c'était autre chose... Il a toujours tout fait pour que nous soyons heureux. Et c'est quelqu'un de très sensible, sous ses airs d'ours mal léché.

— Il n'exprime pas beaucoup ses sentiments, c'est le moins que l'on puisse dire.

Albertine sourit, écrase sa cigarette.

— Je vais te raconter quelque chose...

Je me cale confortablement. J'adore quand elle commence comme ça.

— Un jour, je devais avoir dix-sept ans, j'avais trouvé un travail d'institutrice dans un établissement scolaire tenu par des bonnes-soeurs, à une trentaine de kilomètres d'Étretat. Je devais être logée sur place. Pour mon premier jour, papa m'avait accompagnée en voiture. Je quittais la maison... Maman avait pleuré toute la nuit. Donc nous roulons en silence, ma petite valise sur le siège arrière. Papa se gare devant le bâtiment, un ancien couvent, nous poussons la lourde porte d'entrée. Personne. Le parquet sentait l'encaustique, il faisait un froid polaire, l'ambiance était mortelle. Nous appelons. Toujours personne. Papa se tourne vers moi et me dit : « On s'en va. Tu ne seras pas heureuse ici. » Nous avons détalé comme des lapins ! Après quelques minutes de voiture, je lui ai demandé de s'arrêter sur le bord de la route. J'ai fait quelques pas, j'ai inspiré à pleins poumons et j'ai hurlé. Quand je suis retournée dans la voiture, il a dit : « J'aimerais tellement être comme toi... »

L'émotion me serre la gorge.

— Et ce jour-là, lorsqu'elle vous a vus revenir ensemble, qu'est-ce qu'elle a dit, mamie ?

– Elle a levé les bras au ciel et elle s'est écriée : « Si j'avais su, je n'aurais pas passé ma journée à pleurer ! » Nous avons été pris de fou-rire. Je crois que nous n'avions jamais ri comme ça tous les trois.

Je réalise que je le connais bien peu, mon grand-père. Ma grand-mère a-t-elle réussi, elle, à percer sa carapace, après toute une vie à ses côtés ? Je songe alors qu'on ne sait rien de ce qui se passe dans l'intimité d'un couple.

Mon séjour s'achève. Je quitte la Tunisie à regret, emportant dans mes bagages les belles histoires d'Albertine. Grâce à elle, le portrait de mes grands-parents se dessine un peu plus nettement mais tous deux gardent une part de mystère qui me fascine.

***

Les Loges - 14 juin 1940

Victorine retient son souffle. L'officier allemand est à présent à moins d'un mètre d'elle. Son regard oscille de Victorine à Albertine, un regard doux, contre toute attente. Il sourit à la fillette, esquisse un geste dans sa direction, interrompu par l'imperceptible mouvement de recul de Victorine.

Un sourire aimable aux lèvres, il articule dans un excellent français :

— Bonjour Madame. Oberfeldwebel Wurtz. Je suis l'adjudant en charge du ravitaillement des troupes. Auriez-vous l'obligeance de servir à boire à mes hommes ?

Sa politesse fait à Victorine l'effet d'un électrochoc. Le temps reprend son cours. Elle recouvre ses esprits, ses forces, le sang irrigue à nouveau ses veines. Vivantes. Elles sont vivantes.

Victorine s'exécute, tous les sens en alerte à présent. Elle tente de contenir le tremblement de ses mains, jauge d'un coup d'oeil discret le second officier. Si l'adjudant Wurtz est tout en rondeur, tête, corps, langage, l'autre ressemble un peu plus à l'image qu'elle se faisait d'un militaire allemand : raide, cheveux en brosse, mâchoires agressives aussi carrées que ses épaules, regard bleu acier. Il aboie un ordre à l'attention des troupes restées à l'extérieur et immédiatement, le café s'emplit d'un bruit de bottes assourdissant.

Victorine observe ces hommes, ces ennemis qui ont envahi son pays et fait voler son monde en éclat. Elle revoit Émile et ses camarades le jour de leur départ, chaussés de simples brodequins, molletières aux jambes, bien rudimentaires en comparaison des luxueuses bottes allemandes aux cuirs épais. Elle remarque l'allure athlétique de ces soldats. Ils semblent si jeunes ! Où se trouve Émile à présent ? Est-il encore en vie ? Non, elle ne veut pas se poser cette question-là. Il est vivant.

Victorine circule sans être importunée entre les tables pour servir à boire aux soldats, puis se réfugie, le souffle court, derrière son comptoir où Albertinc cst assise dans sa chaise haute. Soudain, sur un ordre de l'adjudant Wurtz, les soldats quittent les lieux aussi rapidement qu'ils y sont entrés, dans un remue-ménage de chaises contre le sol.

Elle a droit à un salut martial et à un « Merci Madame, à bientôt » qui la glace.

Le jour même, les Allemands réquisitionnent le manoir d'Estouteville et y installent leur quartier général.

Après cette journée éprouvante, Victorine décide de dormir à nouveau chez ses parents. Albertine au sein, ses pensées vagabondent.

Comme l'a dit le maire, ces militaires m'ont l'air plus civilisés que les SS, ces sauvages ! Et cet officier, ce Wurtz, finalement, il m'effraie beaucoup moins que la « sorcière » de mon enfance. Comme c'est bizarre, à part la langue, j'ai l'impression que ces soldats ne sont pas bien différents de nos gars ! Je m'attendais à des barbares, mais non, ils m'ont l'air tout ce qu'il y a de normal, polis même. Si jeunes, loin de chez eux, ah ça, ils ne sont pas à la noce, eux non plus !

Les jours qui suivent confirment la déroute des forces armées françaises et britanniques. Le 14 juin, Paris est occupée et déclarée ville ouverte. Le drapeau à croix gammée flotte au sommet de la tour Eiffel. Les radios émettent dorénavant en allemand. Dans la panique générale, le gouvernement français s'enfuit à Bordeaux.

Un samedi, Lucie reçoit la visite de son amie d'Étretat,

Léonine. C'est une grande et jolie femme aux yeux bleus, très mince, toujours élégante. Victorine et Alphonse s'installent dans la cuisine avec les deux femmes. Léonine dénoue son foulard d'un geste délicat et retire son manteau tout en s'exclamant :

– Si vous saviez ce qui se passe à Étretat ! Les Allemands ont saccagé les plus belles villas du centre-ville... Ils ont enfoncé les portes à coups de hache, ils ont menacé les propriétaires qui ont dû déguerpir, ils ont abimé les meubles, brisé la vaisselle, volé l'argenterie, les cigares ! Mon voisin Paul m'a dit qu'ils ont pillé les caves, qu'ils ont tiré au pistolet sur des tableaux de valeur. Et aussi qu'ils se sont saoulés en braillant toute la nuit...

Victorine et ses parents en restent bouche bée. Léonine, essoufflée, marque une pause puis reprend :

– Ce n'est pas tout. Le maire d'Étretat, Monsieur Tonnetot, a été convoqué à l'hôtel des Roches Blanches. Le chef de la police allemande s'y est installé avec sa clique. Eh bien figurez-vous que cette brute l'a reçu vautrée sur un lit avec ses bottes toutes crottées, cigare au bec, il lui a dit que si on touchait à un seul cheveu de ses soldats, c'est lui, le maire, qui serait tenu responsable et exécuté à moins qu'il ne dénonce le coupable. Et tenez-vous bien, il a ajouté que si les Français avaient voulu comprendre, ils seraient aujourd'hui ensemble les maîtres du monde. Et Hitler par-ci, et Hitler par-là ! Je suis écoeurée... C'est un monstre, cet homme-là !

Léonine fond en larmes, sous les regards consternés de Victorine et de ses parents.

Les jours suivants, les Allemands dictent leur loi : interdiction d'allumer la lumière pendant la nuit, de stocker de la nourriture, alors que la pénurie sévit déjà. On peut lire sur des affiches placardées un peu partout que « ceux qui conservent des armes seront fusillés ». Victorine frémit en pensant à son père qui n'aime pas obéir aux ordres.

Le 17 juin, Victorine et ses parents se rassemblent autour du poste de TSF pour écouter le maréchal Pétain déclarer d'une voix qui semble à Victorine d'outre-tombe : « C'est le coeur serré que je vous dis aujourd'hui qu'il faut cesser le combat. »

Alphonse frappe du poing sur la table, écarlate. Victorine, elle, tremble pour son mari. A-t-il été fait prisonnier ? Envoyé dans un camp en Allemagne ?

Le soir venu, elle scrute le ciel à la recherche de leur étoile et contemple l'astre qui la connecte à Émile... Où es-tu ? Es-tu blessé ? Émile, envoie-moi un signe, je t'en prie !

Ce soir-là, avant de s'endormir, Victorine songe à leur premier rendez-vous. Il lui avait raconté ses parents commerçants, sévères et pingres, plus enclins aux taloches qu'aux caresses. Elle avait songé qu'elle avait eu plus de chance que lui et l'avait trouvé touchant. Auprès de cet homme, elle ressentait quelque chose de doux et de rassurant. Un sentiment agréable, confortable.

Nous venons juste de nous marier. Et déjà, séparés...

Mais paradoxalement, elle a l'impression que cet éloignement les rapproche. Les quelques jours de permission passés ensemble ont tissé un lien nouveau entre eux et malgré les questions qu'elle peut se poser, sa joie de le retrouver a été indéniable ; une joie puissante qui l'a réconfortée, l'a enveloppée, lui a insufflé du courage alors qu'autour d'elle tout s'effondrait.

Après l'allocution du 17 juin annonçant la demande d'armistice, leur journal, le Petit Havre, cesse de parvenir au bourg. Les habitants se relaient pour le rapporter de Fécamp et chaque jour, Victorine guette l'arrivée du messager. Dans chaque article, elle traque, anxieuse, la moindre information qui pourrait la rassurer sur le sort d'Émile. Mais rien. Rien pour la rassurer. Pas une ligne.

Le 22 juin, réunis autour du petit poste de radio, Alphonse, Lucie et Victorine apprennent que l'armistice est signé. C'est la fin des combats.

En treize jours à peine, toute la Normandie est occupée par l'armée d'Hitler.

Au début du mois de juillet, les horloges françaises doivent officiellement être réglées à l'heure allemande. Victorine a la sombre intuition que ces clients indésirables sont installés dans son établissement pour longtemps.

Elle se sent si seule, parfois. Composer. Rentrer la tête, attendre. Espérer ! Respirer. Protéger. Oui, elle doit protéger son enfant dans le chaos de leur vie.

Justement, la santé d'Albertine l'inquiète depuis quelques jours. Désemparée, Victorine demande conseil à sa mère :

— Maman, Albertine semble épuisée, elle s'endort pendant les tétées, elle pleure toute la journée. Je ne sais plus quoi faire !

— Elle n'a pas de fièvre, pas de boutons. Mais ce petit visage chiffonné... Peut-être que tu n'as pas assez de lait. Avec toutes ces contrariétés, ça ne serait pas étonnant ! Il faudrait lui donner du lait de vache.

Le jour même, Victorine court à l'épicerie de Marie Loustel mais celle-ci lui annonce, navrée :

— Ma pauvre petite, tout le lait est réquisitionné par les Allemands. Je n'ai plus rien ! Le mieux serait que tu ailles en demander directement à la ferme des Planchard, sur la route d'Étretat.

La ferme en question est située à un petit kilomètre de distance. Les propriétaires sont des gens que Victorine connaît depuis toujours, mais qui ne sont pas très aimables.

Elle expose sa requête à la femme du patron, Maryse

Planchard, qui l'écoute, ses petits yeux butés fixés sur les quatre bidons de lait qu'elle tient à bout de bras. Des bras rouges et costauds.

– J'peux point vous en donner, j'dois le garder pour les Allemands. C'est les ordres.

– Juste un demi-litre par jour, ils ne s'en apercevront même pas...

– Impossible, c'est trop risqué, lui oppose la femme, visage fermé.

– Et le risque que mon bébé meure de faim alors ? s'indigne Victorine.

– J'y puis rien. J'ai point envie de finir en prison, moué !

Victorine a beau argumenter, supplier, rien n'y fait. Elle bouillonne en songeant que cette femme est aussi mauvaise que son père, le vieux Planchard, que Maurice et elle craignaient lorsqu'ils étaient enfants ; ils attendaient toujours qu'il s'absente pour venir caresser les chevaux. Victorine connaît d'autres fermiers, mais ils sont beaucoup plus loin de chez elle.

Elle repart sans ajouter un mot. Elle réfléchit rapidement, ne voit qu'une solution. Déterminée, elle se dirige vers le commandement allemand où elle demande à être reçue par l'adjudant Wurtz. Après un moment d'attente qui lui semble interminable, un soldat vient la chercher et la conduit dans un petit salon où Wurtz a installé son bureau. L'adjudant la salue de son habituel ton affable et la prie de s'assoir.

– Comment allez-vous, chère Madame ? Que puis-je faire pour vous ?

Elle contient le tremblement de sa voix, mélange de peur et de colère, pour exposer sa requête. Wurtz l'écoute attentivement puis déclare :

– Comme vous le savez peut-être, je suis responsable du ravitaillement. Je vais régler ce problème aujourd'hui même, ne vous inquiétez pas.

Il se lève pour la raccompagner à la porte, sourire aimable aux lèvres.

Elle n'en dort pas de la nuit... Il m'a dit qu'il est responsable du ravitaillement. Mais on raconte que les Allemands gardent pour eux toute la viande et le poisson. Tout le monde se plaint de manquer de nourriture, alors pourquoi m'aiderait-il, moi en particulier ? Et s'il parle à la fermière et qu'elle décide de se venger en m'accusant de je ne sais quoi ?

Elle s'inquiète d'autant plus que les troupes allemandes installées au Manoir ont peu à peu élu son établissement comme lieu de distraction favori. Le cauchemar des soldats allemands qui envahissent son café se répète chaque jour !

Elle tourne et se retourne dans son lit sans parvenir à se calmer.

Le lendemain, Victorine reçoit la visite de Wurtz. Il lui annonce, tout sourire, que la fermière lui donnera dorénavant un litre de lait chaque jour. Victorine le remercie. Albertine est sauvée.

Cependant, le soir-même, elle laisse exploser sa colère en racontant son aventure à ses parents :

— Vous vous rendez compte, cette bigote, qui va à l'église tous les jours, et qui me refuse un litre de lait pour Albertine ! L'officier allemand a été plus humain qu'elle, c'est un comble !

Son père répond, songeur :

— Ma fille, il s'est donné le beau rôle. Mais tu as raison, on ne peut pas lui retirer ses mérites. La voisine, par contre... En temps de guerre, on découvre la vraie nature des gens. Et souvent, ce n'est pas bien reluisant. Les soi-disant bons chrétiens peuvent se révéler pas très catholiques. Si tu savais tout ce que j'ai vu ! Y a des choses qu'on ne peut pas raconter, ma fille, mais qui ne s'oublient pas.

Victorine est encore perturbée par sa mésaventure lorsqu'un courrier lui parvient.

Son coeur bat la chamade lorsqu'elle lit, au dos de l'enveloppe, le nom d'Émile. Elle déplie la lettre, fébrile.

Lyon, le 1er août 1940

Ma chère femme,

Je suis heureux de pouvoir enfin te donner des nouvelles. Après nous être fait surprendre sur la ligne Maginot, nous avons dû nous replier avec notre bataillon au milieu de milliers de civils qui fuyaient les chars et les avions allemands. Les gens couraient dans tous les sens, c'était une pagaille indescriptible ! Nous sommes descendus jusqu'à Château-Thierry avec ordre de défendre la ville. Nous avons combattu toute la semaine, jusqu'au 18 juin, mais nous n'avons pas pu tenir face aux blindés et aux bombardiers allemands. Avec quelques camarades, nous avons pu nous échapper et nous avons réussi à atteindre Lyon. À la caserne, on nous a dit d'attendre les ordres. Voilà où nous en sommes. J'ai demandé à être démobilisé pour rentrer. On m'a dit que je pouvais espérer un retour rapide au pays, étant marié et père d'un jeune enfant. J'espère que vous allez tous bien, toi, Albertine, les parents. Embrasse tout le monde pour moi.

Ton mari qui pense à toi et qui espère te retrouver bientôt.

Émile

Des larmes de bonheur ruissellent sur ses joues.

Mon mari, vivant ! Pauvre Émile, quelles épreuves tu as dû traverser ! Et ces combats dont tu parles... As-tu été blessé ?

Les deux familles célèbrent la bonne nouvelle en déjeunant tous ensemble chez Alphonse et Lucie. Victorine se sent légère et joyeuse, une sensation qu'elle n'a pas éprouvée depuis longtemps. Tout lui semble merveilleux : le franc soleil de ce dimanche d'août, le cidre blond et pétillant, le repas de fête. Albertine sur ses genoux, elle écoute en souriant son père raconter une de ses fameuses histoires drôles :

— Deux gars un peu simplets se baladent. L'un d'eux se regarde dans un miroir accroché devant un magasin et s'exclame : « Ce type me rappelle quelqu'un ! » L'autre s'approche du miroir et réplique : « Évidemment que tu le connais, c'est moi, andouille ! »

Même ses beaux-parents rient de bon cœur.

— À Émile ! lance Alphonse.

— À Émile ! répond Marthe en trinquant avec tant d'entrain que son verre se brise.

Lucie et Marthe servent le poulet déniché par Victorine, les pommes de terre sautées, la salade verte bien croquante. Sur la nappe blanche brodée, celle du mariage, les fourchettes cliquètent allègrement dans les assiettes. Les verres se vident et se remplissent vite. Albertine joue dans l'herbe avec la chatte de ses grands-parents, la blanche Choupette.

Alphonse offre un cigare au père d'Émile en surveillant du coin de l'oeil sa petite-fille.

— Attention aux griffes de Choupette, ma Titine.

Les deux hommes, qui n'ont d'habitude pas grand-chose en commun, savourent avec plaisir ce calumet de la paix.

Victorine a préparé une tarte aux pommes pour le dessert. Elle a réussi à acheter du beau blé blond qu'elle a écrasé dans son moulin à café pour en récupérer la farine. Travail fastidieux, mais ce gâteau procure à chacun un immense plaisir. Alphonse a même ressorti le phonographe et il fait valser Victorine pieds nus dans l'herbe jusqu'à ce qu'elle demande grâce, étourdie.

C'est un jour de réjouissance, une trêve dans la tourmente.

Lorsque Victorine ouvre ses portes, le lendemain, elle se sent revigorée. Confiante. Prête à relever le gant.

Quelques jours plus tard, une fin d'après-midi, les Allemands ont bu plus que de raison de cette Bénédictine dont ils raffolent. Ils rient bruyamment, parlent de plus en plus fort et coulent vers la jolie patronne de vingt ans des regards pleins de sous-entendus. Mais Victorine se sent forte depuis qu'elle a reçu la lettre d'Émile. Elle sait qu'elle doit se faire respecter ; ces jeunes soldats passent la plupart de leurs soirées à jouer aux cartes ou aux dés dans son établissement. Elle s'approche de celui qu'elle a identifié comme le meneur et gronde, sourcils froncés :

– Kommandantur ! Je vais aller voir la Kommandantur !

Les hommes se figent. Oui, ils ont bien compris : elle les menace d'aller se plaindre à leur commandement. L'invective de Victorine leur fait l'effet d'une douche froide et le calme revient instantanément.

Elle a remarqué qu'ils étaient terrifiés par leurs chefs et a compris quel parti en tirer. Ils ne lui font pas peur. Elle les prendrait presque en pitié. Elle ne peut s'empêcher de penser qu'eux aussi sont malheureux, loin de leurs proches.

Un soir, dans la salle bruyante et enfumée, Albertine trottine à quatre pattes sous les tables et s'assied dans un casque qu'un soldat a posé par terre. Sa mère se précipite, affolée, mais l'homme éclate de rire et lui dit dans un français hésitant :

– Laissez, madame, ce n'être pas grave, elle si amusante !

Le jeune allemand contemple Albertine, et ses yeux bleus se remplissent soudain de larmes. Il ajoute d'un air mélancolique :

– Elle rappelle fille à moi.

La nuit venue, Victorine a toujours du mal à trouver le sommeil. Les journées sont épuisantes et ses nerfs, mis à rude épreuve. Elle doit en permanence se comporter comme si tout était normal, alors que rien ne l'est. Elle est parfois submergée par une peur incontrôlable. À d'autres moments, elle se laisse distraire et sombrerait presque dans une sorte d'oubli, jusqu'au moment où les Allemands poussent sa porte, la ramenant à la sombre réalité. Tout remonte alors à la surface : les morts, les exilés, les familles séparées et jetées sur les routes, Henri Martel, les menaces et les diktats de l'armée d'occupation. Émile qui n'a vu sa fille que quelques jours depuis sa naissance ; sa toute petite, qui a fêté son premier anniversaire sans lui.

Victorine repense à ce que lui a dit son père, à ce que des circonstances dramatiques peuvent révéler de bon et de mauvais en chacun.

Combien de temps vais-je devoir affronter cette armée qui s'est installée chez moi ? J'essaie de me montrer forte, mais parfois... Je dois tenir le coup, oui, tenir pour Albertine. Allons, cesse de penser, ma fille.

Elle se calme enfin, finit par s'endormir. Mais dans sa nuit peuplée de cauchemars, elle doit traverser un gouffre en marchant sur une corde raide, telle une funambule, pour rejoindre Albertine, qui est de l'autre côté, assise au bord du précipice, et qui lui tend les bras : « Maman, Maman ! » La fillette se penche, tout près du bord. Sur la corde tendue au-dessus de l'abîme, Victorine progresse le plus vite possible, à pas glissés, précipités, trop lents cependant. Albertine avance encore, encore. Victorine n'est qu'à mi-chemin, elle hurle : « Non ! Albertine ! Recule ! » Le bébé tombe, Victorine perd l'équilibre et chute elle aussi vers le fond du gouffre noir.

Elle se réveille brusquement, en sueur. A-t-elle crié ? Albertine pleure dans son sommeil, comme si elle avait fait le même cauchemar. Victorine, encore terrifiée, l'embrasse doucement, et peu à peu, elle se sent réconfortée par l'odeur sucrée de sa fille. Elles s'apaisent mutuellement, l'une contre l'autre.

Chaque jour, sa mère et sa belle-mère viennent l'aider,

mais de nouveau, la jeune femme refuse que l'une ou l'autre ne s'installe chez elle. Son courage, sa force, elle les puise dans la relation privilégiée qu'elle tisse avec Albertine, nuit après nuit, menotte dans la main.

Un matin, Alphonse entre au café et à son visage fermé, elle comprend immédiatement qu'il est arrivé quelque chose de grave.

– Tu es seule ?

Victorine acquiesce d'un signe de tête et se précipite pour refermer la porte derrière son père.

– C'est Laurent, le fils Tellier. Il a été arrêté. Des types de la Gestapo sont venus le cueillir dans une grange où il se planquait.

Victorine écarquille les yeux.

– La Gestapo ! Mais pourquoi ?

Laurent Tellier, Victorine le connaît bien, ils ont le même âge, ont grandi dans la même cour d'école.

– Je ne t'ai rien dit pour ne pas t'inquiéter, reprend Alphonse, mais il a été menacé par Bernard Lefaucheux, l'employé de mairie. Lefaucheux racontait partout que Laurent était dans la Résistance. Il devait être jaloux, on dit qu'ils sont amoureux de la même fille. Tu sais, la petite Marie, la fille du boulanger.

Alphonse s'interrompt puis ajoute :

– Le plus étonnant, c'est que l'adjudant Wurtz a essayé de prévenir Laurent. Mais il n'a su qu'au dernier moment que la Gestapo faisait une descente. Il est arrivé trop tard...

Victorine retrouve l'usage de la parole :

– Papa, je n'y comprends rien ! Wurtz est allé à la grange ? Il a vu les parents Tellier ?

– Oui. Les parents étaient venus apporter à manger à leur fils, Wurtz s'est pointé pile en même temps que ces ordures de la Gestapo, les parents n'ont pas été arrêtés grâce à son intervention. Mais pour Laurent, par contre, il n'a rien pu faire...

Que va-t-il arriver à ce pauvre garçon? Et Wurtz qui a tenté de le sauver. Incroyable! Finalement, non, cela n'étonne pas tant que ça Victorine, de la part de l'homme qui l'a aidée à se procurer du lait pour Albertine.

Quelques jours plus tard, ils apprennent que Laurent Tellier a été envoyé dans un camp en Allemagne. Les semaines passent, et on reste sans nouvelles. Le père est un habitué du café. Victorine le voit sombrer dans l'alcool. La mère, elle, se rend à l'église pour prier puis passe régler les dettes de son mari. Ils deviennent peu à peu comme des fantômes, plus morts que vivants, et Victorine frémit en pensant à ce qu'elle ressentirait, elle, si elle perdait Albertine.

Pauvres gens! Si Lefaucheux est responsable, j'espère qu'il sera puni! Mais ça ne leur ramènera pas leur fils... Comment est-ce possible, une horreur pareille?

Depuis qu'elle tient son commerce, Victorine a toujours tâché de se montrer neutre face aux conflits qui opposent parfois ses clients. Depuis le début de l'occupation, elle s'est obligée plus encore à cette neutralité. Question de survie. Mais il ne peut y avoir meilleur poste d'observation pour comprendre ce qui se joue au dehors. Alors, elle écoute et elle regarde. Cette fois, elle n'y comprend plus rien. Les types de la Gestapo qui ont pris le fils Tellier : des Français. L'homme qui a tenté de le sauver : un Allemand... Elle est perdue.

Une semaine après l'arrestation du jeune homme, en fin d'après-midi, Victorine a la désagréable surprise de recevoir la visite des hommes de la Gestapo, chapeaux de feutre enfoncés bas sur les yeux et longs manteaux noirs ceinturés. Les quatre hommes commandent à boire au comptoir. Ils la dévisagent sans vergogne, elle s'efforce de cacher sa peur et lorsqu'ils partent enfin, elle se demande s'ils ont entendu le bruit de son coeur qui cognait très fort dans sa poitrine. Que voulaient-ils ?

Un client raconte à voix basse qu'à Étretat, les Allemands se comportent comme s'ils étaient en villégiature. Ils se photographient sur la plage, devant les belles villas, n'hésitent pas à ôter leurs tenues militaires pour se baigner et se prélassent au soleil. Étrange, cette occupation masquée de courtoisie qui s'éternise de semaine en semaine ! Les Allemands ont beau déclarer qu'il ne « sera fait aucun mal à la population », l'avis suivant n'en a pas moins été affiché sur les murs de la ville : « Si un assassinat est commis contre un soldat de l'armée d'occupation, cinq habitants seront immédiatement fusillés. » Le masque courtois commence à se fissurer, l'ennemi montre un autre visage et les habitants sont plus que jamais sur leurs gardes. Victorine sent qu'une étincelle pourrait tout faire exploser, que les gens ont peur et elle se demande avec effroi ce qui prendrait le dessus en eux s'ils étaient acculés.

Qu'est-ce qu'ils seraient capables de faire pour sauver leur peau ? Et si quelqu'un inventait des histoires sur ma famille, par jalousie, par méchanceté ? Est-ce que ces types de la Gestapo vont s'en prendre à nous ?

De drôles de questions à se poser à quelques jours de ses vingt ans...

***

Les Loges - Septembre 1940. Alphonse

Chaque soir à 20H15, Alphonse grimpe à l'échelle qui mène au grenier pour écouter discrètement les bulletins d'information de la « France Libre » diffusés sur Radio Londres par la B.B.C. Il écoute les « Français parler aux Français » de la résistance du peuple à l'oppression. Il sait qu'il risque gros : depuis le mois d'août, l'écoute des stations étrangères est « interdite et sévèrement punie ».

Il s'en fout, Alphonse. Il est accablé par la situation, par la mise sous tutelle de son pays, par la capitulation sans combat de Vichy. Il a déjà mené une guerre et il les a battus, les Boches. Rien que d'entendre la voix pleine de force de ce jeune Charles de Gaulle, ça lui redonne de l'espoir. Tout n'est pas perdu, puisque certains à Londres y croient encore, à la lutte, à la liberté ! Il n'a pas peur. C'est juste pour sa femme et sa fille, et puis pour sa Titine, qu'il a la trouille. Il ne voudrait pas qu'à cause de lui, elles aient des ennuis. Après ce qui est arrivé au fils Tellier, il doit se montrer prudent, lui la grande gueule.

Non, ce qui lui met la rate au court-bouillon, c'est sa fille, sa belle Victorine qui ne se rend absolument pas compte de l'effet qu'elle leur fait, à tous ces jeunes qui ont le feu au cul. Elle se croit forte, intouchable, mais bon dieu, quand il les voit la reluquer - et elle qui ne voit rien ! - il les tuerait par paquets de douze. Il sait quel genre d'idées ils ont dans la tête. Lui-même peut parfois se laisser emporter par sa nature généreuse. Mais qu'est-ce qu'il y peut, aussi, si les femmes sont belles et attirantes ? Quand une belle plante lui sourit, que le sang se met à bouillonner si fort dans ses artères, ce n'est pas dieu possible de résister à la tentation. Ce n'est pas humain ! La dernière fois, c'était à cause de cette diablesse de petite bonne qui logeait chez eux. Ah, elle savait y faire, celle-là, avec ses grosses fesses qu'elle faisait gigoter quand il montait les escaliers derrière elle et ses beaux seins laiteux qu'elle lui mettait sous le nez à longueur de journée. Il n'avait plus qu'une idée en tête : peloter son derrière pour vérifier s'il était aussi ferme que rebondi et mordiller ses tétons pour en découvrir le goût. Il s'était retrouvé dans son lit sans même avoir compris comment. C'est d'ailleurs ce qu'il avait tenté d'expliquer à Lucie quand elle les y avait découverts : « Je ne sais pas comment je suis arrivé là. » Vrai de vrai ! Pauvre Lucie. Jamais il n'aurait voulu lui faire de peine. Elle avait beaucoup pleuré, cette fois-là. Il l'avait beaucoup consolée. Ah, les femmes...

Bref, il sait exactement ce qui se passe quand une femme plaît à un homme. Ce qui le rassure, c'est que sa fille peut se révéler un véritable dragon. Il ne faut pas trop la chercher, Victorine !

Lui, il a toujours demandé la permission aux femmes. On n'est pas des bêtes, tout de même ! Mais il sait que tous les hommes n'ont pas cette délicatesse. Alors il passe plusieurs fois par jour au café pour veiller au grain, l'air de rien. Il a toujours une bonne excuse, ta mère m'envoie te demander si tu veux des pommes, j'ai oublié mon journal hier soir, je n'ai plus de café...

Sa fille est courageuse, c'est sûr ! Mais il voit bien, à travers les regards masculins qu'il intercepte, que la gamine à qui il apprenait il y a peu à dépiauter les lapins est devenue une jolie femme. Lorsqu'il tente d'aborder le sujet, elle lui répond invariablement de sa voix fraîche : « Papa, ils ne me font pas peur. Je sais les tenir à bonne distance. »

N'empêche, à compter du jour de l'arrivée des troupes

armées au bourg, Alphonse ne s'est jamais tenu très loin de sa fille. Qu'un seul gars s'avise de s'approcher trop près d'elle et il aura affaire à lui. Parole de Poilu.

***

Les Loges - Noel 1940

À Étretat, les Allemands ont posé des barbelés tout le long de la plage pour en interdire l'accès. Ils patrouillent jour et nuit, prêts à ouvrir le feu à la moindre alerte. Plus personne n'est autorisé à s'approcher du bord de mer. Chacun vit terré, sous la menace des avions qui tournent en permanence dans le ciel normand. Une ambiance de trahison et de suspicion flotte dans l'air.

Victorine perçoit cette extrême tension jusque dans la voix des Allemands, plus brusque, plus dure lorsqu'ils s'adressent à elle. La jeune femme se sentait jusque-là en relative sécurité derrière son comptoir, mais à présent, lorsque sa porte s'ouvre sur les uniformes kaki, elle donnerait tout pour disparaître avec Albertine dans un trou de souris.

De nouveau, Alphonse tente de la persuader :

— Ils deviennent nerveux, les Boches. Ta mère et ta belle-mère pourraient rester avec toi pendant la journée.

— Ah non, pas ma belle-mère ! La dernière fois qu'elle m'a remplacée, des clients m'ont raconté qu'elle n'avait pas été aimable. Il y en a même un qui m'a dit l'avoir vue piquer des sous dans la caisse. Je ne lui fais pas confiance. Je t'assure Papa, ça va, je me débrouille. Les Allemands me laissent tranquille. Et puis tu as vu, les habitués sont là toute la journée, et toi aussi tu viens souvent. Je me sens en sécurité. Ne t'inquiète pas.

— Accepte au moins ta mère alors !

— Non, non, je ne préfère pas. Ma belle-mère va être jalouse et en faire toute une histoire. Je la connais.

— Oh, toi, t'es machue !

Ils trouvent la force de rire.

Elle se demande souvent comment elle s'en sortirait, sans son père.

Dans cette ambiance délétère, la célébration de Noël s'organise sans entrain. Et il fait si froid ! Dans les rues, les poteaux électriques se rompent sous l'effet du gel.

Victorine invite ses parents et ses beaux-parents. Malgré les circonstances, elle fait de son mieux pour préparer un repas de fête. Alphonse a réussi à se procurer de la viande, des oeufs et de beaux légumes grâce à ses bonnes relations avec le fermier d'un bourg voisin. Le dessert, ce sera un gâteau aux pommes, bien sucré pour camoufler le goût de la farine de son qui a remplacé depuis belle lurette la bonne farine blanche d'avant-guerre. Les oeufs qui lui resteront, elle les emballera dans du papier journal pour qu'ils se conservent plus longtemps. Le jus de la viande, elle le gardera plusieurs jours pour accommoder des lentilles ou des pommes de terre. Surtout, ne rien gaspiller ! Faire durer le moindre morceau de pain !

Survivre à la pénurie.

Le soir de Noël, Victorine chante à l'église, où les habitants du bourg ont eu l'autorisation de se réunir. Sa voix pure résonne, amplifiée, magnifiée, emplissant chaque parcelle de l'édifice. Dans son Ave Maria puissant et doux, Victorine met toute sa ferveur, elle chante pour la paix, pour le salut des enfants innocents, des hommes et des femmes dans la tourmente ; pour le retour d'Émile.

Sur le chemin du retour, chaussée de ses galoches aux semelles taillées dans de vieux pneus, restrictions obligent, mais fourrées de peau de lapin – ces petites bêtes pullulent dans les bois environnants - Victorine continue à chanter pour se réchauffer l'âme.

En se retrouvant seule dans sa chambre, ce soir-là

d'habitude synonyme de retrouvailles familiales, d'amour, de paix, elle a regardé Albertine dormir, sa douce, sa merveilleuse petite Albertine, et la folie meurtrière de la guerre lui est apparue dans toute sa cruauté... Vont-ils nous affamer jusqu'à ce que nous mourions tous ? Pourquoi tous ces morts, ces destructions ? C'est si beau, la vie ! Un tel miracle... Pourvu qu'il ne t'arrive rien, mon bébé. Combien de temps tout cela va-t-il durer ? Quand reviendras-tu, Émile ?

Victorine affronte l'hiver interminable et le sinistre début de l'année 1941 recroquevillée sur elle-même.

Le printemps arrive enfin, lui apportant un peu de réconfort. Elle qui a toujours été sensible à la beauté de la nature perçoit dans l'éclosion des premiers bourgeons la promesse d'un avenir possible.

Un après-midi de mai, occupée derrière son comptoir dans la salle déserte, elle prête une oreille distraite au babil d'Albertine lorsque la porte s'ouvre. En découvrant le visage de son visiteur, ses jambes se dérobent. Elle reste d'abord figée, la bouche et les yeux arrondis de stupeur.

Est-elle victime d'une hallucination ? Est-elle en train de rêver ? Son coeur au ralenti depuis ces longues semaines lugubres et sombres comme des jours d'hiver, soudain se réveille et s'emballe à la vue de l'homme qui se tient devant elle et qui lui sourit. Émile.

Victorine n'en croit pas ses yeux et pourtant, c'est bien lui. Il pose son barda et s'approche. Elle se précipite entre les tables, les bras grands ouverts. Ils s'étreignent, s'écartent l'un de l'autre pour mieux se voir, puis s'embrassent, les yeux brillants de larmes. Elle le serre fort, Oh Émile, c'est bien toi ! Elle a besoin de le toucher pour y croire, l'embrasse encore puis le dévisage : ces cernes sombres, ces yeux bleus encore plus clairs que dans son souvenir. Ce corps aminci, tendu. Comme ces six mois l'ont transformé !

Elle rit, elle pleure. Il rit lui aussi, presse ses mains, ses épaules, et dans son regard intense, elle lit les mots qu'il ne prononce pas : Tu vois je suis rentré. Je te l'avais promis.

Elle sèche ses larmes, veut prendre son sac, s'inquiète de savoir s'il a faim, s'il a soif. Puis elle demande, pleine d'appréhension :

— Est-ce que tu vas devoir repartir ?

— Non, c'est fini, je reste. Mon commandement m'a libéré de mes obligations militaires.

Victorine se demande si elle a bien entendu. « Libéré de ses obligations militaires. » Elle n'ose se réjouir et pourtant, une petite flamme d'espoir s'allume en elle.

Émile prend Albertine dans ses bras. Sa fille... Elle lui touche le nez, espiègle. Un sourire tendre aux lèvres, il murmure quelque chose à son oreille. La fillette le dévisage avec intensité, pose ses menottes sur ses joues et lui répond doucement : Pa-pa, pa-pa...

Victorine, bouleversée, pense alors à ce jeune lieutenant, Henri Martel, à qui Albertine a dit ces mots pour la première fois et sa joie se teinte de tristesse. Il a eu moins de chance qu'Émile, le pauvre.

Émile s'accroupit pour jouer avec sa fille, répond à ses sourires par des murmures attendris. Victorine les regarde, submergée d'émotion ; elle a tellement rêvé de ce moment !

Ce soir-là, pour la première fois depuis longtemps, Albertine dort dans son petit lit. Victorine se déshabille dans la pénombre de la chambre et rejoint Émile. Leurs peaux se reconnaissent, frissonnent, leurs odeurs se mêlent ; cela fait si longtemps... Elle s'abandonne au plaisir des caresses retrouvées.

Mais avec le matin revient la dure réalité. Au bourg, Émile fait figure d'exception : de nombreuses familles ont un fils, un mari ou un frère emprisonné en Allemagne.

D'autres sont endeuillées. Émile a la chance d'être revenu dans son foyer. Il n'a rien à se reprocher mais il sait qu'il va être jalousé, à la fois par ses compatriotes et par les soldats allemands.

Quelques jours après son retour, la Kommandantur l'affecte à des travaux de rénovation de bâtiments occupés par la Wehrmacht à Fécamp. Émile s'y rend chaque jour, à vélo. Comme avant la guerre, il part très tôt le matin mais, à présent, il prend soin de ne rentrer qu'à la nuit tombée pour éviter de se faire remarquer.

Après quelques mois à Fécamp, il est enrôlé comme chauffeur au service des gradés allemands. Puis il est recruté par Wurtz pour participer à l'entretien du cantonnement, où il est assigné aux tâches ménagères : faire les lits, préparer les repas. Lui qui sait à peine faire cuire un oeuf ! Au moins est-il traité avec respect par Wurtz. Cela adoucit un peu l'humiliation.

Il évite toujours de se montrer au café. Il n'a aucune envie de se retrouver face à l'occupant. L'atmosphère est lourde. Dangereuse. Oppressante. Émile ne se sent à sa place nulle part et Victorine ne sait comment l'aider.

Et le comportement de sa belle-mère n'arrange pas les choses. Depuis le retour d'Émile, elle se fait encore plus présente. Elle venait déjà au café chaque matin, mais elle y reste de plus en plus longtemps, au grand désespoir de Victorine. Tout chez sa belle-mère l'agace : sa démarche autoritaire malgré sa petite taille et sa maigreur, ses manières brusques, son visage dur, sa langue trop bien pendue.

Ce jour-là, Marthe s'installe au comptoir et lape sa boisson fumante à petites gorgées tout en observant les allées et venues de sa bru. Victorine sent son regard accroché à son dos et finit par lui demander, excédée :

— Vous buvez autre chose, la belle-mère ?

Marthe réplique :

— Ma fille, je t'ai déjà dit cent fois de m'appeler maman.

— Je suis désolée, je n'ai qu'une maman.

Marthe se renfrogne et ordonne d'un ton sec :

— Sers-moi donc une verveine.

Victorine s'exécute sans mot dire.

Lors de ces visites quotidiennes, Marthe commande tantôt un thé, tantôt un verre de cidre et bien entendu, elle ne paie jamais ses consommations. Victorine fulmine… Quand je pense qu'ils ont eu le culot de me réclamer des intérêts de retard alors qu'Émile était sur le front et que je n'avais plus rien pour payer ! Je l'entends encore, le beau-père : « Victorine, pour le remboursement des traites du commerce, vous me devrez les intérêts, plus ceux de retard. » Ça, je ne l'ai pas digéré ! Déjà pour la vente, ils ne nous ont pas fait de cadeau ! Nous facturer le moindre petit meuble laissé dans la maison, la moindre assiette, jusqu'au dernier petit tas de charbon !

Elle bouillonne tandis que sa belle-mère sirote tranquillement sa verveine.

Marthe enfin partie après avoir distillé quelques commentaires acides, Victorine soupire en passant un coup de torchon rageur sur le comptoir.

***

Étretat - Mai 1989

Je profite d'un long weekend pour rendre visite à ma grand-mère. Je viens d'avoir vingt-trois ans mais j'ai encore besoin qu'elle me réconforte. Depuis que j'ai quitté Milo, je me sens parfois comme un petit bateau à la dérive sur l'océan immense, sans boussole.

Milo, je l'avais rencontré au Balajo, deux ans auparavant. J'y étais venue avec deux copines. De toutes les boîtes de nuit parisiennes, c'était notre préférée. La musique y était efficace : *Tchiki boum, tchi boum, tchiki boum, tchi boum...* Parfait pour se déhancher ! On y entendait aussi les chansons de Téléphone, et là, c'était plutôt sauts de puces et pogo. La voix de Catherine Ringer enchaînait : *C'est comme ça, lalalalala*, et faisait encore monter l'ambiance.

Vers deux heures du matin, nous étions sorties prendre l'air et Milo était là, nous observant d'un air amusé, une cigarette à la main, adossé au mur. Je lui avais trouvé de la classe, du style... un Parisien, quoi. Nous avions fini la nuit chez moi. Et beaucoup d'autres nuits, ensuite. Jusqu'à ce qu'il me propose d'habiter ensemble. À partir de ce moment-là, j'ai été sur la défensive. Avant de le rencontrer, personne ne m'attendait quand je partais en reportage. J'étais libre de rentrer ou pas. Je n'avais aucune envie de changer ma façon de vivre. Emménager avec lui ? Lorsque Milo évoquait le sujet, je me sentais comme un animal pris dans les phares d'une voiture, sans issue. Plus rien n'allait, quoiqu'il dise, quoiqu'il fasse. Malaise. Agacement. Disputes. Un jour, je lui ai dit que je voulais retrouver ma liberté. Il m'a écoutée, son visage se fermait au fur et à mesure de mes explications oiseuses. Il ne souriait plus.

Il n'a rien dit. Il a rassemblé ses affaires. Il est sorti de ma vie.

Et depuis, cette sensation de vide.

Pourtant, j'aime vivre à Paris, dans ma chambre de bonne de la rue Mouffetard. J'y suis à l'étroit mais je m'y sens bien, comme dans un nid douillet et protecteur. Tout cela, je l'ai voulu, je l'ai choisi. Alors, pourquoi ce spleen qui me submerge parfois ?

Je me sens tellement libre à Paris ! On n'y croise jamais deux fois la même personne, la foule anonyme me ravit, je suis comme une touriste et j'adore ça. J'ai le sentiment qu'ici, on peut être vraiment soi-même : un garçon qui aime les garçons, une ado gothique, une fille à paillettes ou simplement une madame-tout-le-monde. Je me dis parfois que si je sortais dans la rue avec une plume dans le derrière tout le monde s'en foutrait !

J'aime les beaux squares parisiens, les cinémas mythiques comme le Champo et ses films d'art et d'essai, ou le Studio Galande assez fou pour diffuser non-stop le film-culte *The Rocky Horror Picture Show* depuis les années 70 !

J'aime savoir que je n'aurai jamais fait le tour de tous les musées, de tous les parcs, de tous les passages couverts aux secrets bien gardés.

J'aime l'Odéon et ses librairies, les Deux-Magots et le Café de Flore où j'ai plaisir à imaginer les plus grands écrivains du siècle, assis sur ces mêmes banquettes et buvant dans ces mêmes tasses de porcelaine blanche.

J'aime l'anonymat de Paris, son énergie cosmopolite, ses boîtes de nuit géniales même si j'évite à présent le Balajo. J'aime que Paris soit immense et que l'on puisse y avoir un amant sans être immédiatement repérée par Madame Michu.

Bref, tout le contraire de mon patelin de Provence !

Oui, je raffole de cette vie parisienne, de la liberté qui est la mienne et de ma solitude choisie. Ces pensées se dissipent alors que je grimpe quatre à quatre les marches qui mènent à l'appartement de Victorine. C'est la première fois que je lui rends visite dans son nouveau logis. Ma grand-mère, je l'ai toujours connue dans sa maison de la rue Isabey.

Elle m'accueille, bras grands ouverts, chaud sourire.

En pénétrant dans son appartement, je suis immédiatement charmée. Tout est coquet, adorable, à son image. Dans son petit salon, elle a installé la belle armoire en acajou héritée de sa mère et l'homme-debout aux deux grandes portes carrées, ce haut buffet étroit en bas duquel mes jouets étaient rangés ; tant de souvenirs ! Dans la chambre aux lits jumeaux, je reconnais les couvre-lits à petites fleurs bleues de mon enfance. Le balcon déborde de géraniums.

— Mamie, j'adore ton appartement !

— Moi aussi. J'ai tout de suite senti que j'y serais bien.

— Tu n'as pas été trop fatiguée par tous ces changements, par le déménagement ?

— Un peu, oui. Je surveille mon coeur. Je m'essouffle vite, mais rien de grave, rassure-toi, ma fille.

— Tu me le dirais, hein ? Je suis grande, maintenant !

Elle répond à mon clin d'oeil par un sourire entendu. J'ai appris récemment qu'elle avait eu un cancer du sein des années auparavant. On me l'avait caché à l'époque, pour, selon les mots de ma mère, « éviter que je ne m'inquiète ». Quel choc lorsque je l'ai appris ! Du coup, je me fais tout le temps du souci pour elle.

Elle me serre dans ses bras. J'enfouis ma tête dans son cou, je ferme les yeux et respire avec délice son odeur familière au parfum léger.

Le lendemain de mon arrivée, nous partons en promenade à la plage sous un soleil radieux. Victorine prend son chapeau blanc et sa chaise pliante et nous partons « faire une digue », c'est-à-dire nous promener d'un bout à l'autre de la plage, de la falaise d'Aval à la falaise d'Amont, sans omettre de donner un petit coup de pied dans la paroi à l'arrivée ; une tradition étretataise, selon ma famille.

Notre petit coup de pied dûment administré, nous descendons sur la plage. Victorine déplie sa chaise et s'installe confortablement, à l'abri de son chapeau blanc à larges bords. À demi-étendue à ses pieds, je tente quelques ricochets entre deux vagues.

— Je te connais, toi, il y a quelque chose qui te tracasse.

— Non, Mamie, je t'assure.

— Allons, tu as des soucis ? Je te trouve, comment dire... un peu ailleurs.

— Non ! Enfin, si... Bon, je voulais te le dire : j'ai quitté Milo.

Je sais qu'elle aime bien Milo. Nous lui avions rendu visite à plusieurs reprises tous les deux et ils s'étaient tout de suite bien entendus. Sourcils froncés, elle prend ma main entre les siennes.

— Allons bon ! Tu n'étais pas heureuse avec lui ?

— Si, si... Mais il voulait qu'on s'installe ensemble.

Victorine me dévisage, interloquée.

— Ma fille, je ne comprends pas... Tu étais amoureuse, non ?

Elle a raison. Avec Milo, c'était génial. Il était gentil, tendre, drôle. De beaux yeux verts limpides, une peau toujours chaude. Côté sexe, c'était cool.

— Oui, mais quand il a commencé à parler mariage, j'ai entendu « enfants » et j'ai eu peur. Je n'ai pas envie de m'engager pour la vie. Je veux garder ma liberté, voyager, tu vois ? Pour mes reportages, je suis toujours en vadrouille !

Victorine marmonne un vague « moui ».

— Tu peux me comprendre, Mamie, toi qui t'es mariée si jeune... Tu n'as jamais regretté ?

J'ai peur de l'avoir peinée, je voudrais retirer ma phrase. Mais elle sourit et me répond, les yeux dans le vague :

— C'était ça, la vie, dans le temps. On se mariait jeune et on avait tous les enfants qui venaient. Les enfants de Dieu, comme disait le curé. On allait à l'église le dimanche, il ne fallait pas louper le sermon ! On en avait peur, du curé. C'était tout petit, les Loges, et on craignait les ragots. Je me souviens d'une fille qui changeait souvent de petit copain. Elle était très mal vue ! Quand les gens parlaient d'elle ils disaient que c'était une « Marie-couche-toi-là ». Pendant l'Occupation, elle est tombée enceinte d'un soldat allemand. Tout le monde chuchotait derrière son dos. Elle en avait l'air dingue, de son soldat ! La pauvre fille a été tondue à la libération. Je l'ai revue quelques fois, elle marchait en tenant son gros ventre, personne ne lui adressait la parole, ou alors, c'était pour l'insulter. Et puis, elle a disparu.

C'est la première fois que Victorine évoque la guerre devant moi.

— C'est terrible...

— Oui, c'était moche, ça me fait du mal de repenser à ces horreurs. Ta mère et tes tantes ont insisté pour que j'écrive mes souvenirs, j'ai commencé à écrire quelques pages, un peu tous les jours.

— C'est formidable, Mamie. Tu me les feras lire ?

Elle me répond, un sourire malicieux aux lèvres :

— Tu attendras que j'aie terminé.

— J'attendrai. Si j'ai bien compris, tu t'es mariée un peu parce que... ça se faisait ?

— Oui, on peut dire ça comme ça.

— Tu as rencontré papi tellement jeune… Je n'arrive pas à croire que tu n'aies pas eu d'autres amoureux !

Elle fixe le large, là où la mer se confond avec le ciel. Au loin, un paquebot trace sa route vers l'ouest. À quelques mètres de nous, des mouettes se disputent bruyamment les restes d'un pique-nique abandonné.

Elle s'éclaircit la voix :

— J'avais quatorze ans. Il y avait un jeune garçon de Paris qui venait en vacances l'été, chez ses grands-parents. On se fréquentait, il me plaisait… beaucoup. Un jour, il m'a embrassée. Notre histoire n'a pas dépassé le stade des baisers. À l'époque, on ne faisait rien avant de se marier ! Cela a duré deux étés.

Je n'ose l'interrompre. Je retiens mon souffle. Elle reprend :

— Et puis, il a disparu. Envolé ! Mais il s'est passé une chose incroyable : le lendemain de mon mariage, j'ai reçu une lettre de sa part dans laquelle il me demandait de l'épouser.

— Ça alors… Qu'est-ce que tu as fait ?

— Rien du tout ! J'étais mariée depuis la veille, je te rappelle.

— Tu n'as pas songé à divorcer ?

— Penses-tu !

— Mais tu n'avais que dix-huit ans…

Un groupe d'enfants passe tout près de nous en chantant. Le plus jeune doit avoir deux ans. Une frimousse d'ange blond. Il trébuche dans les galets, aussitôt secouru par une fillette sérieuse, jupe bleu marine et chemise blanche, sages cheveux longs retenus en arrière par un serre-tête rose. Elle passe un bras autour de la taille du petit ange qui la gratifie d'un sourire béat. Victorine les suit d'un regard attendri avant de reprendre :

– On ne divorçait pas, à l'époque, dans nos campagnes. Ça ne se faisait pas. Il aurait fallu braver le curé, l'église, nos parents. La société toute entière ! Nous, les femmes, nous n'avions aucun droit, même pas celui d'ouvrir un compte en banque à notre nom. Alors divorcer...

– Heureusement que les choses ont évolué ! Tu as dû être drôlement chamboulée par cette lettre.

– Oui... Mais je suis vite tombée enceinte. Albertine est née, et trois ans plus tard, ta mère. Le pays était en guerre. Je n'avais plus le temps d'être malheureuse ! Je ne te cache pas qu'il y a eu des hauts et des bas avec ton grand-père. Après cette histoire de lettre, cela n'a pas toujours été simple pour moi, surtout quand on se disputait. Mais j'ai fait avec.

Devant mon air désolé, elle rit et ajoute :

– Tu sais, un mariage, c'est comme un pull en laine. Tiens, c'est drôle, mariage, maillage, c'est presque le même mot ! Tu tricotes, tu détricotes, tu rattrapes une maille perdue, tu t'emmêles les fils et tu les démêles. Au bout de quelques temps, tu enlèves les bouloches, tu répares quand ça s'effiloche et puis voilà. Ça prend du temps, ne crois pas que ce soit facile, mais ça vaut le coup de s'accrocher, crois-moi !

Autour de nous, la plage s'est vidée. Les enfants chanteurs ont déserté le bord de mer, les mouettes ont achevé leur festin, l'horizon a pris une teinte violacée et quelques nuages commencent à troubler l'azur de ce bel après-midi de mai.

Ma grand-mère frissonne, me prend le bras :

– Rentrons, ma fille, le temps se marmule. Allons, la vie est longue, laisse faire les choses. Ne t'inquiète pas, ça va aller, mon trésor bleu.

Je me serre contre elle, lui plaque un bisou tendre sur la joue. Sur le chemin du retour, je me demande ce qu'a pu devenir cet amoureux d'avant-guerre. Ma grand-mère est rêveuse, troublée même, comme en un voyage intérieur qui semble l'emmener très loin.

– Dis-moi, Mamie, cette lettre, l'as-tu gardée ? J'aimerais bien la lire.

– Oh la la... Je ne sais plus !

– S'il te plaît... Fais un effort.

– Je ne me souviens pas de l'avoir jetée. Il faudrait que je fouille dans mes vieux papiers.

À l'appartement, elle se dirige vers l'homme-debout.

– Prends l'escabeau, ma fille. Là, tout en haut, au fond, il doit y avoir une boîte recouverte de tissu bleu.

Je grimpe, me hisse sur la pointe des pieds et aperçois l'objet en question.

Je la tends à Victorine qui s'installe dans son fauteuil préféré et la pose sur ses genoux :

– Voyons... Tout ça, ce sont de vieux documents que je n'ai jamais ressortis. Tiens, l'acte de vente du *Café du Lion d'Or* ! C'était le café de mes beaux-parents, que ton grand-père et moi leur avons racheté. C'était en 1938, l'année de mon mariage. Ça ne date pas d'hier...

Elle sort un paquet de courrier entouré d'un lien de satin rose. Nous ouvrons les enveloppes : des factures, des lettres d'une belle-soeur... Je reconnais mon écriture sur une carte postale et je lis, amusée : « Mamie, j'ai un nouvel amoureux, il est très beau, je suis folle de lui, il m'a embrassée. Problème : nos appareils dentaires sont restés accrochés. »

Denis... Premier amour et premier chagrin. Josiane et ses nichons imbattables.

– Tiens... dit Victorine, j'ai peut-être trouvé.

Elle extrait d'une enveloppe blanche un papier à lettres luxueux. Sa belle main brune à la peau lissée par les ans tremble légèrement. Nous parcourons ensemble les premières lignes :

Paris, le 25 octobre 1938,
Ma chère Victorine,
Notre dernière rencontre remonte à deux ans déjà.

Elle se tourne vers moi, les pommettes en feu :
– C'est la lettre. Mon dieu ! Ça me fait quelque chose...
Je presse sa main doucement. Nous lisons en silence, blotties l'une contre l'autre :

Paris, le 25 octobre 1938
Ma chère Victorine,
Notre dernière rencontre remonte à deux ans déjà. Tu m'as tant manqué ! Je me désespère de rester sans nouvelles de toi malgré toutes les lettres que je t'ai envoyées. Tu as dû m'en vouloir terriblement, et je le comprends. Que faire pour me racheter ? Ma chère maman est guérie, je suis entré à l'école de pilotage mais mon bonheur ne pourra être complet qu'à tes côtés. Je l'ai compris en pensant à ton sourire, à notre baiser sous le tilleul, chacun des jours de ces deux dernières années.
J'ai eu dix-neuf ans le mois dernier. Le travail, c'est important, mais ce qui m'importe plus encore, c'est de bâtir une famille et c'est avec toi que je désire accomplir ce rêve.
Victorine, veux-tu enfin me pardonner ?
Veux-tu devenir ma femme ?

J'entends sa respiration s'accélérer. Nous achevons notre lecture en même temps :

Mon coeur est plein d'espoir. Si tu le veux, je serai à toi pour toujours.
Armand

Je la laisse reprendre ses esprits. Elle rajuste ses lunettes puis hoche la tête comme pour dire : « C'est incroyable, non ? » C'est vrai, c'est incroyable et je reste moi aussi sans voix. Nous avons les yeux humides toutes les deux.

Je lui prends délicatement l'enveloppe des mains. Au dos, je peux lire :

Armand d'Anglas, 12 Avenue de l'Observatoire, 75006 Paris.

***

Les Loges - Janvier 1942

Victorine est à nouveau enceinte. Oh mon dieu ! Un deuxième enfant ! Mais si le pays est encore occupé le jour de la naissance ? Tous les médecins sont partis... Comment vais-je m'en sortir ? Si le travail commence pendant la nuit, comment prévenir la sage-femme, avec le couvre-feu ?

Dans toute la Normandie, l'aviation britannique multiplie les raids aériens, les parachutages, les opérations de sabotage. L'Amérique vient d'entrer en guerre. De terribles explosions retentissent chaque nuit.

Un matin de mars, Alphonse s'installe au comptoir à sa place habituelle et déplie le Petit Havre d'un grand geste nerveux.

— Ma fille, écoute ça : « Sera passible du tribunal de guerre quiconque prêtera aide et assistance à des militaires non allemands dans les territoires occupés. Quiconque hébergera un ressortissant anglais sans l'avoir déclaré au bureau de la Kommandantur le plus proche sera condamné à la peine de mort. »

Le visage fermé, Alphonse murmure entre ses dents :

— Tu as compris, ma fille ? Tu dois faire très attention. Les Boches sont sur les dents. Tu es exposée ici. Ne te mêle à aucune discussion.

Il baisse encore un peu plus la voix :

— Ce salaud de Lefaucheux, je trouve qu'il vient un peu trop souvent rôder par ici. J'ai comme l'impression qu'il te tourne autour.

En s'assurant d'un coup d'oeil vers les fenêtres que personne n'approche, Victorine répond dans un souffle :

– Ce qui m'inquiète, c'est Émile. Ils se sont croisés un matin, la semaine dernière, et Lefaucheux lui a jeté un regard qui m'a fait froid dans le dos.

– Dis à ton mari qu'il se méfie, avec ce salopard dans les parages.

Alphonse replie le journal, frappe quelques coups nerveux sur le comptoir et reprend :

– J'ai entendu des gars bavacher sur le dos d'Émile. Il y en a qui sont jaloux de le voir rentrer à la maison tous les soirs.

– Il le sait bien, va. Il se fait le plus discret possible. Être obligé de travailler pour les Allemands et se faire critiquer… C'est injuste.

– D'autant qu'il les a combattus, lui, les Boches, il faudrait pas l'oublier, non mais !

– Calme-toi, Papa… Tu dois être prudent toi aussi. Ne va plus à Étretat, les routes sont dangereuses. Les bombes pleuvent ! L'adjudant Wurtz est passé hier, il m'a recommandé de sortir le moins souvent possible. Il m'a dit que les combats allaient s'intensifier.

Décidément, depuis le début, l'Oberfeldwebel Wurtz se comporte de manière surprenante, se démenant pour que les choses se passent au mieux entre l'armée et la population. Victorine en a eu la preuve. Il est certainement l'Allemand le moins détesté de la région.

Conformément à ses prédictions, la frénésie destructrice des Allemands est décuplée face à la menace alliée. À Étretat notamment, sur la falaise d'amont, le monument Nungesser et Coli et la Chapelle Notre-Dame-de-la-Garde, les principaux symboles de la ville, sont démolis ; ces sites auraient pu servir de points de repère aux avions alliés.

Le bord de mer est désormais défiguré par les casemates d'observation, les blockhaus, les bunkers d'où les soldats surveillent l'activité maritime jour et nuit. Des abris et des tranchées sont aménagés un peu partout, des nids de mitrailleuses dissimulés sur les abords des falaises transformées en gruyère.

Et pendant ce temps, dans le ventre de Victorine qui s'arrondit, deux petits pieds gigotent avec de plus en plus de vigueur.

Au dehors, une tempête destructrice. Au dedans, une tempête de vie.

Les habitants se terrent chez eux, retranchés derrière leurs volets. Émile se mure dans le silence. Seule Albertine parvient à lui arracher quelques sourires lorsqu'elle babille : « papa, mon pa-pa » en promenant ses petites mains potelées sur son visage.

Victorine ne sort plus que pour se rendre à la salle communale où sont distribués les tickets d'alimentation. Les rations sont maigres. Le pain, la viande, le beurre, l'huile, tout manque ! La viande surtout est devenue un luxe.

Victorine est épuisée, ses jambes enflées la font souffrir. Elle éprouve parfois l'horrible sensation qu'ils vont tous être anéantis. Jusque-là, elle a échappé au pire. Elle pense souvent à sa grand-mère. Que dirait-elle de tout cela ? Cette « bonne étoile » dont elle a doté Victorine va-t-elle suffire à les protéger ?

Quelque chose en elle gronde : une part sombre qu'elle s'est toujours efforcée de maintenir en sommeil ; une bête malfaisante qui attendrait l'aubaine des jours mauvais pour croître et dévorer sa joie de vivre. Elle résiste, refuse de se laisser submerger par cette noirceur.

Autour d'eux, les frappes se durcissent encore. Le 19 août, une tentative de débarquement anglo-canadien menée à Dieppe provoque la mort de près de mille civils et fait des centaines de blessés. Un peu plus tard, un raid américain, mené cette fois sur Sotteville-lès-Rouen, rate sa cible et se solde lui aussi par des dizaines de morts et de blessés.

Alors que se déroulent autour d'elle tous ces drames humains, le 29 septembre, vers 20 heures, Victorine perd les eaux. Émile enfourche son vélo et part à toute vitesse en direction d'Étretat où réside la seule sage-femme des environs. Les avions pullulent au-dessus de leurs têtes, les Allemands patrouillent en permanence à l'affût des raids de l'aviation alliée.

Victorine sent les premières contractions arriver et entend, tout proche, le fracas des bombardements. Comble de malchance pour Émile, son permis de circuler la nuit prend fin ce jour-là, il perd de longues minutes à parlementer avec les Allemands. Enfin autorisé à passer, il fonce dans la nuit.

Victorine ne veut pas accoucher toute seule. Les contractions augmentent, ses larmes coulent, elle essaie comme elle le peut de retarder la naissance, se retient de hurler de douleur, de peur. Garder son calme. Ne pas se laisser submerger.

Pendant ce temps, Émile est arrivé chez la sage-femme qui ne s'affole pas le moins du monde. Il la supplie :

– Faites vite, ma femme va accoucher !

– Allons, pas la peine de vous faire de la bile, mon p'tit gars. Un accouchement, ça prend des heures !

Devant la mine tendue d'Émile, elle ajoute en riant :

– Ces jeunes pères, tous les mêmes… Vous croyez toujours qu'elles vont accoucher en cinq minutes. Allez, prenez un p'tit calva, ça va vous détendre.

Émile refuse d'un mouvement de tête exaspéré. Ils prennent enfin la route, chacun sur son vélo.

Pendant ce temps, Victorine, qui guette désespérément leur arrivée, tente de retarder encore le moment, respire comme elle l'a appris pour Albertine. Mais les contractions augmentent encore en fréquence et en intensité. Victorine souffle profondément, s'efforce de calmer son angoisse et sa douleur. Soudain elle sent qu'il n'y a plus rien d'autre à faire que de laisser venir au monde son enfant. Elle se tord, se redresse dans un effort surhumain. Arc-boutée, elle tend les bras et dans une vague qui la soulève, une ultime poussée, parvient à se saisir du petit corps, le dépose sur sa poitrine, visage contre visage. Pantelante, suspendue au cri de son bébé, ce cri synonyme de vie, elle essuie ses larmes du revers de la main pour mieux voir son enfant. Elle guette, haletante, ce cri qui n'arrive pas. Au bout d'un temps qui lui semble infiniment long, elle entend un faible gémissement, à peine un souffle, et puis un cri puissant retentit, un cri de victoire, qui met un terme à l'effroyable attente ; qui renvoie d'un coup la bête sournoise et destructrice au fond des Enfers.

L'enfant respire, Victorine fond en larmes. Elle contemple son bébé, une fille au minuscule minois chiffonné et elle oublie tout, la douleur terrible, la terreur. Oui, comme par magie, Victorine oublie tout ce qui n'est pas ce petit être incandescent qui hurle à présent à pleins poumons dans la pénombre de la chambre.

Surgit alors Marthe qui s'agite dans tous les sens comme une poule affolée. Victorine juge préférable de lui demander d'aller chercher la voisine d'en face pour l'aider à couper le cordon.

Lorsque Émile arrive enfin, accompagné de la sage-femme désormais inutile, il découvre un drôle de tableau, sorte de version cauchoise de « La Vierge, l'Enfant Jésus et sainte Anne » : Marthe assise au bord du lit, un verre de calvados à la main, Victorine, son bébé au sein, un sourire épuisé et béat aux lèvres, et penchée vers la jeune maman, la voisine sereine qui lui passe un linge sur le front.

Émile regarde sa mère, puis Victorine, puis le bébé, puis sa mère à nouveau qui s'esclaffe :

– J'ai voulu donner un petit remontant à ta femme, mais elle n'en a pas voulu, alors c'est moi qui le bois.

Victorine sourit faiblement :

– Buvez, on trinquera plus tard à la santé de la petite.

Après un tel accouchement, Victorine veut donner à sa fille un prénom joyeux, un porte-bonheur, un appel à la chance et à la joie. Ce sera Charlette, qui évoque pour elle la danse et la musique, le charleston. Et aussi Joséphine Baker, la fête, Paris. La vie ! Émile acquiesce, un sourire heureux aux lèvres.

La nouvelle vie à quatre s'organise. Albertine, qui vient d'avoir trois ans, veille sur le bébé du matin et soir : une vraie petite maman. Elle amuse énormément ses parents avec ses mimiques de clown, effrayées quand sa soeur pleure, cocasses lorsqu'elle veut attirer son attention.

Les premières semaines après la naissance de Charlette sont difficiles ; ses parents craignent pour sa vie. Mais elle est plus solide qu'elle ne le semble et elle surmonte rhumes, bronchites et autres infections d'automne.

– C'est une combattante, déclare Alphonse qui s'y connaît.

Victorine a repris le travail au bout de quelques jours. Toute la journée, elle court sans relâche malgré la fatigue et les jambes douloureuses. Elle s'occupe des enfants, du commerce, et affiche son grand sourire, rempart contre l'inquiétude, contre l'épuisement et contre tout un tas d'autres désagréments.

En ce début d'année 1943, elle doit se rendre au Havre pour s'approvisionner en tabac à chiquer et à priser dont ses clients ne sauraient se passer. La veille de son départ, Alphonse la met en garde :

– Victorine, ce n'est pas prudent. Les bus peuvent être

pris pour cible. Tu ne devrais pas y aller !

— Il a raison, ton père, renchérit Émile. Attends un peu que les choses se calment.

— Mais ce n'est qu'un petit trajet de rien. J'irai. Il le faut bien !

Le lendemain, Victorine monte donc dans le bus à destination du Havre. Le trajet d'une demi-heure lui semble durer un siècle. Elle scrute le ciel, échange avec les autres passagers des sourires qui comme le sien, dissimulent mal leur appréhension. Elle ne s'est pas rendue dans cette ville depuis un moment. Elle peine à la reconnaître. Des murs ont été érigés aux principaux points d'entrée de la ville pour filtrer les allées et venues. Seuls les véhicules de la Wehrmacht circulent. Les rues sont désertes. Ses achats effectués, elle se hâte vers l'arrêt de bus pour rentrer chez elle.

Elle ne l'avouerait pour rien au monde mais elle éprouve un immense soulagement, ce soir-là, une fois rentrée à bon port. Et la sensation d'avoir échappé au pire.

Deux jours plus tard, à mi-chemin entre les Loges et le Havre, le même bus est pris pour cible par deux avions britanniques, les pilotes étant persuadés qu'il transporte des militaires allemands. Treize civils sont tués. Parmi les victimes, on compte deux habitants des Loges, un couple que Victorine connaît bien. Ce terrible événement lui rappelle qu'elle n'est pas invincible. Elle sent confusément que l'étau se resserre.

S'il m'arrive quelque chose, qui s'occupera de mes filles ? Je dois être plus prudente !

Quelques mois plus tard, en septembre, le chaos s'accroît encore face aux rumeurs d'un débarquement. À Étretat, les Allemands déploient tout un arsenal le long de la baie dans le but d'empêcher les bateaux alliés de débarquer. La mer est hérissée de pieux plantés dans des blocs de béton :

un spectacle d'apocalypse. L'accès à la plage est désormais totalement interdit. Tout civil qui enfreindrait cet ordre serait fusillé sur le champ. Des mines sont enterrées un peu partout et les gens n'osent plus sortir de chez eux. L'ennemi a laissé tomber le masque de « l'occupation courtoise » et a sorti ses griffes de métal et de feu.

Depuis quelques temps, Bernard Lefaucheux s'est remis à fréquenter assidûment le café de Victorine et ne manifeste aucune gêne en présence du père Tellier. Au contraire ! Il s'épanche et clame que « celui qui a dénoncé son fils est une ordure. » Pas fou, il choisit toujours les moments où ni Émile ni Alphonse ne sont présents. Plus Victorine lui oppose de mépris, plus il se montre entreprenant. Il la complimente sur sa nouvelle jupe qui « lui prend si bien la taille ». Il la suit ostensiblement du regard lorsqu'elle se déplace pour servir un client attablé. Il rôde, tel un fauve en embuscade.

Noël apporte à Victorine un certain répit. La messe est toujours pour elle l'occasion de chanter à l'église et ce Noël-là ne fait pas exception. Ce 25 décembre, elle met à nouveau toute sa ferveur dans ses chants. La dernière fois, elle a été exaucée, Émile est rentré. Alors elle prie pour que la paix revienne, que la vie soit à nouveau comme avant : simple et belle.

Victorine décide de fermer son établissement quelques jours pour se reposer et pour ne plus voir certains visages.

Elle rouvre ses portes avec un peu d'appréhension. Les clients sont heureux de la revoir car sa gentillesse, son humour, sa jeunesse aussi, leur font l'effet d'un baume ; ils ont tous un proche dans la tourmente, un fils porté disparu ou prisonnier en Allemagne.

Les semaines suivantes, Lefaucheux ne se montre pas, au grand soulagement de Victorine. Mais aux premiers jours de mars, il réapparait et reprend ses habitudes. Chaque fois qu'il pousse la porte, elle ressent comme un violent coup de poing dans l'estomac. Elle tente de n'en rien laisser paraître mais cet homme la dégoûte. Non seulement il a un visage ingrat, avec son menton fuyant, ses petits yeux rapprochés, son long nez pointu et luisant, son teint blafard, mais lorsqu'il rit - un ricanement plutôt -, une toux grasse secoue son long corps maladif comme pris de convulsions.

Un jour, profitant d'être seul avec elle, il lance d'un ton badin :

— Victorine, si ça vous dit, je vous emmènerai faire un tour après la fermeture. J'ai une nouvelle voiture, je suis sûr que ça vous plairait, un peu de distraction.

Son clin d'oeil égrillard achève d'écoeurer Victorine. À bout de nerfs, elle lui jette dans un cri :

— Non, cela ne me dit rien du tout ! Et puis, c'est dégueulasse ce que vous avez fait ! Allez-vous-en. Ne remettez plus les pieds chez moi.

Elle regrette aussitôt ses mots. Quelle imprudente ! Mais cela a été plus fort qu'elle. Victorine voit avec horreur le visage de Lefaucheux se transformer : ses mâchoires se crispent, ses joues maigres se creusent encore un peu plus. Il la fixe un instant en silence, les yeux fous, puis lâche entre ses dents, la voix blanche :

— Ah c'est comme ça ! Vous racontez n'importe quoi ! Vous allez le regretter, ma petite...

Il sort en claquant la porte, la laissant pétrifiée.

Elle s'en veut terriblement. Pourquoi n'a-t-elle pas simplement refusé la proposition de ce sale type ? Mais chaque fois qu'elle le voit, elle pense à Laurent Tellier et à ses pauvres parents. Elle est persuadée que c'est lui qui a dénoncé le jeune homme, il met tant d'énergie à fustiger le coupable ! Et il poursuit de son assiduité dégoûtante la petite Marie, l'amoureuse de Laurent. Non, elle ne supportait plus sa présence dans son café, ses regards en dessous, ses sourires répugnants. Elle en avait des envies de meurtre.

La menace des bombardements lui apporte paradoxalement un peu de répit car des messages radio et des tracts largués par les Anglais enjoignent les civils à rester chez eux, à ne « prendre part d'aucune façon » aux opérations menées par les Alliés, à ne rien faire « qui puisse entraîner des représailles de la part de l'ennemi. »

Comme beaucoup de ses voisins, Émile creuse un petit abri souterrain dans le jardin. Victorine n'a pas osé lui dire qu'un autre danger les menaçait. Qui sait comment il réagirait ? Elle se sent prise au piège.

En ce mois d'avril 1944, après plus de trois ans d'occupation allemande, trois années interminables, Victorine a parfois l'impression que cela ne s'arrêtera jamais.

Léonine, qui est amie avec le maire, leur apprend que le maréchal Rommel vient d'arriver à Étretat pour prendre la tête d'importantes opérations de défense. Les jours suivants, les habitants assistent, consternés, à la destruction de toutes les demeures du front de mer qui faisaient leur fierté depuis plus d'un siècle. Ces magnifiques villas à colombages, surmontées de clochetons d'ardoise, aux noms charmants de la Valleuse, les Vagues, ou encore la Cendrillon, à l'extravagante toiture à étages, toutes sont réduites en miettes. Tout comme le casino et son fronton orné de lambrequins, son bar en acajou, sa salle de baccara et son dancing aux grands miroirs ouvragés. Le bel édifice qui abritait le restaurant les Roches Blanches, avec ses superbes fenêtres arquées et son élégante tourelle, est lui aussi totalement rasé.

Le maire explique aux habitants stupéfaits le pourquoi de ces destructions : face à la menace d'un débarquement allié, aucun obstacle visuel ne devait entraver le champ de tir des Allemands...

Le bord de mer tout entier n'est plus qu'un gigantesque enchevêtrement de pics qui émergent des flots, de blocs de béton et de fils barbelés : un paysage de fin du monde.

En apprenant ces nouvelles de la bouche de Léonine, Victorine pleure des larmes de rage qui laissent ses yeux rugueux comme de la craie. Comment les choses ont-elles pu en arriver là ? Elle se remémore les débuts de l'occupation, les jeunes soldats allemands qui tentaient de sympathiser avec les habitants, heureux de profiter des joies de la plage comme s'ils étaient en vacances. Le calme avant la tempête. Avant cette folie destructrice.

Au café, les rumeurs les plus folles circulent. Des milliers de civils auraient été tués dans toute la Normandie, pris dans des tirs entre attaques alliées et ripostes allemandes. Rouen serait en feu, la cathédrale, détruite ! Les avions anglais et américains ont bombardé de nombreux quartiers pour désorganiser les troupes allemandes ; des centaines d'habitants ont été tués.

Une nuit, Victorine vient enfin de sombrer dans le sommeil quand on toque à sa porte. Elle se réveille en sursaut, entrouvre les volets, et découvre l'Oberfeldwebel Wurtz en civil, qui lui fait signe de descendre. Elle réveille Émile, ils enfilent à la hâte une robe de chambre, dévalent les escaliers.

— Que se passe-t-il ?

Wurtz s'adresse à Émile, le visage grave :

— Monsieur, j'ai intercepté un message signalant l'arrivée de la Gestapo. Ils viennent vous chercher. Ils vont arriver d'un instant à l'autre.

— Mon dieu, mais pourquoi ? Que lui reproche-t-on ? s'écrie Victorine, affolée.

— Je ne sais pas, mais il faut faire vite ! Allez vous cacher quelque part. Faites-vous oublier quelques temps.

Wurtz repart précipitamment. Émile réfléchit à voix haute tout en s'habillant :

— Je ne peux pas me cacher dans l'abri que j'ai creusé : tout le monde en a un dans son jardin. Ils me trouveraient. Je vais aller me planquer chez mon cousin, le temps d'avoir une meilleure idée.

Pensif, il demande à Victorine :

— Tu sais qui peut nous vouloir du mal ?

— Lefaucheux, murmure-t-elle. Ce salaud me tournait autour, je l'ai insulté et mis dehors. Je l'ai bien regretté, tu sais, mais le mal était fait.

Émile la dévisage avec admiration.

— Tu as eu raison.

Il l'embrasse et file dans la nuit sans lune.

Le matin, à l'aube, on frappe des coups violents à la porte. Victorine est prête.

***

Quand Émile est parti en pleine nuit, Victorine s'est sentie étrangement calme. Elle a peaufiné son scénario. Elle se sentait affûtée comme une lame tout juste passée au fusil. Son esprit était clair, sa respiration régulière. Enfin, elle devenait actrice de cette guerre ! Jusqu'à présent, il lui avait fallu faire le dos rond, se taire, attendre. Paradoxalement, alors que le danger ciblait sa famille, Victorine n'avait plus peur.

Émile était parti se cacher, elle était certaine qu'il était en sécurité - quand on sait d'où vient le danger, on est mieux armé pour s'en protéger - et elle, forte de sa mission de protection de sa famille, se sentait galvanisée par l'action.

Elle a fini par se calmer et s'est glissée dans les draps froids en pensant à Émile. Elle s'est remémoré avec une extraordinaire précision ce jour où il était venu pour la première fois au café-restaurant de ses parents, avec son cousin Lucien. Elle avait dix-sept ans et se mouvait comme un poisson dans l'eau parmi les habitués. Lucien parlait fort, riait beaucoup. Mais elle, c'est l'autre qu'elle avait remarqué, le silencieux, économe de ses sourires et de ses gestes. Il l'avait intriguée. Ses yeux très clairs, transparents, bleus comme la mer par temps calme, brillaient entre ses paupières comme deux fentes.

Elle avait bien vu qu'il la regardait en douce. Victorine, elle a des yeux dans le dos. Elle voit tout, même si Alphonse pense le contraire. Il la fait rire, un vrai papa poule ! Non mais qu'est-ce qu'il croit ? Qu'elle est aveugle ? Ah, les hommes...

Mais tout de même, lorsque Émile lui avait tendu son petit mot pour lui donner rendez-vous, elle n'en était pas revenue.

Les jours suivants, elle avait retourné la proposition dans sa tête, avait pensé à lui, à son corps solide, stable, à ses mains calleuses et sèches. De belles mains, des mains d'homme honnête. Son allure lui inspirait confiance.

Elle s'était fiée à sa bonne impression et y était allée, à ce rendez-vous, juste pour en avoir le coeur net. Ils s'étaient retrouvés au bord du chemin, près du vieux lavoir où il l'attendait, un brin d'herbe à la bouche.

Ils s'étaient serré la main, intimidés tous les deux, un sourire de circonstance aux lèvres, s'étaient assis sur les larges pierres, et c'est elle qui avait commencé à parler en premier :

— Alors, tu es le cousin de Lucien ?

Ensuite, la conversation avait roulé naturellement. Son béret posé un peu en arrière, il lui avait avoué son complexe de commencer, si jeune, à perdre ses cheveux.

Elle l'avait trouvé attendrissant. Lorsqu'elle croisait son regard, il baissait le sien.

Victorine n'avait pas vu passer l'heure. Soudain, elle avait bondi sur ses pieds :

— Je dois rentrer, ma mère va s'inquiéter.

En pédalant, sourire aux lèvres, elle avait songé qu'il lui plaisait bien, ce garçon. Mature, poli, gentil ; un rien rugueux mais intelligent. Un Cauchois typique, pas bavard. Mais lui au moins ne s'exprimait pas en patois ! Et derrière le sourire timide, elle avait perçu sa sensibilité. Mieux : son humanité. Elle avait pensé que des gars comme ça, au pays, des gars honnêtes et sérieux, il n'y en avait pas beaucoup ; qu'il ferait un bon mari et un bon père.

Et puis elle avait ri en se disant qu'après tout, elle allait un peu vite en besogne. Peut-être que lui, il ne l'avait pas trouvée à son goût.

***

Victorine ouvre sa porte sur les hommes de la Gestapo. Ils sont quatre, ceux-là mêmes qui sont venus au café l'autre fois. Mêmes feutres noirs rabattus sur l'oeil, mêmes longs manteaux inquiétants.

— Madame Belloc ?

— Oui, c'est moi.

— Votre mari est là ? On a quelques questions à lui poser.

Victorine répond d'une voix ferme :

— Non, il est parti travailler.

— À cette heure-ci ? Six heures ? Vous vous foutez de nous ?

— Il travaille à Fécamp. Il s'y rend à vélo, c'est loin, il part tous les matins de bonne heure. Vérifiez vous-mêmes si vous ne me croyez pas.

Ils échangent un regard puis l'un d'eux, qui semble être le chef, ricane et répond :

— C'est ça ma p'tite dame, on va vérifier.

L'homme se tourne vers ses acolytes :

– Vous deux, le jardin. Lucien, avec moi dans la maison.

Ils bousculent Victorine et se ruent dans les escaliers. Elle se précipite dans la chambre où dorment ses filles et s'assied au pied de leur lit pour les protéger. Le reste, elle s'en fiche. Ils peuvent tout mettre sens dessus dessous, tout saccager, ça lui est bien égal. Mais qu'ils ne touchent pas à ses filles.

Au fur et à mesure de leur fouille, sa confiance faiblit. Et s'ils les embarquaient toutes les trois pour se venger de n'avoir pu mettre la main sur Émile ?

Parvenus dans la chambre où Victorine monte la garde, ils hésitent en découvrant Albertine et Charlette endormies, puis inspectent rapidement les placards, jettent un coup d'oeil sous le lit et ressortent sans un mot. L'un d'eux est resté dans la chambre. Il s'approche tout près de Victorine, faussement calme, terrifiant, et il lui souffle au visage :

– Dites à votre mari que nous souhaitons l'interroger. Qu'il se rende au Château, à la Kommandantur. Je vous préviens, s'il n'est pas venu d'ici ce soir, nous finirons par le trouver et alors, je ne lui prédis rien de bon. Quant à vous...

D'un doigt, il mime le geste d'un couteau qui glisse sur la gorge. L'un des types l'appelle. Il adresse un sourire sinistre à Victorine, dévale les escaliers et s'engouffre dans la Citroën noire qui démarre dans un crissement de pneus.

Victorine se lève doucement, s'appuie contre le mur, les jambes molles. Elle expire profondément. Calme-toi. Ils sont partis, les filles sont saines et sauves. Nous avons une journée devant nous. Tu as dit ce qu'il fallait, ma fille.

Elle attend un bon quart d'heure, sort prudemment en vérifiant que personne ne la surveille et file chez ses parents. Alphonse, déjà au courant de l'affaire, émet l'idée qu'Émile s'installe provisoirement chez les Lefort, ses vieux amis de Rouen, mais Victorine estime que c'est trop dangereux. Lucie suggère alors la chaumière d'Alice, une de ses amies, située à quelques kilomètres sur la route de Fongueusemare, au creux d'un vallon très isolé :

– On peut leur faire confiance, murmure-t-elle, ils ont déjà caché des gens recherchés par la Gestapo.

Victorine regarde sa mère, surprise. Mais ce n'est pas le moment de discuter, le temps presse. Lucie se charge d'aller prévenir Émile. Elle se déplacc comme une ombre et arrive chez le cousin à qui elle explique où Émile doit aller se cacher.

Pendant ce temps, Victorine se rend à la Kommandantur. Elle demande à parler à l'adjudant Wurtz. Le soldat la conduit à son bureau, Wurtz referme la porte derrière elle et dit à voix basse :

– Faites passer ce message à votre mari : il doit absolument rester caché jusqu'à nouvel ordre. Il a été dénoncé.

Victorine proteste :

– Mais dénoncé pour quoi ? Il n'a rien à se reprocher !

– Parlez moins fort, je vous en prie.

Wurtz chuchote, se rapprochant d'elle :

– Vous savez, il y a beaucoup de dénonciations calomnieuses depuis quelques temps, souvent par jalousie ou à cause de vieilles rancunes. Pour votre mari, je ne sais pas qui en est l'auteur mais écoutez-moi bien : les hommes de la Gestapo, je m'en charge. Il se passe beaucoup de choses en ce moment. Je ne peux pas vous en dire plus. Maintenant, il faut que vous partiez.

L'adjudant allemand forme avec son binôme de la Kommandantur un drôle de duo. Autant l'autre se montre froid et martial, autant Wurtz est humain, accessible. Peut-être parce qu'il enseignait la philosophie avant la guerre, comme il l'avait un jour raconté à Victorine.

Lucie a prévenu ses amis. Émile changera de planque dans la nuit. Comme l'a laissé entendre Wurtz, les hommes de la Gestapo ne se montrent pas de la journée, ni le lendemain.

Une semaine s'écoule, puis encore une autre. Émile reste caché, jusqu'au 6 juin. Ce jour-là, Alphonse, euphorique, fait irruption au café en criant :

— Les Alliés ont débarqué ! Il y a des milliers de bateaux entre Ouistreham et la Pointe du Hoc ! C'est fini pour les Boches !

— Papa, en es-tu certain ? Ce serait trop beau...

Victorine ne sait pas si elle doit se réjouir. Il y a déjà eu tant d'espoirs déçus, tant de tentatives soldées par des échecs, des désastres, des morts !

Les Allemands ne vont-ils pas se venger sur nous ? Nous massacrer ? La Gestapo, Lefaucheux... Est-ce possible qu'Émile soit tiré d'affaire, que la guerre se termine, que tout cela soit réellement fini ?

Tout ce qu'on sait au bourg, c'est qu'une bataille navale acharnée et chaotique se déroule au large d'Étretat. Depuis les bunkers, l'artillerie allemande, totalement prise de cours, arrose sans distinction les bateaux alliés et ses propres navires.

Pendant les jours et les semaines qui suivent, les Allemands livrent des combats acharnés dans toute la région. Les villageois sont retranchés chez eux, quand leurs murs tiennent encore... La région se désagrège sous les bombes. Les Alliés, pour détruire le système de communication allemand, bombardent massivement la Basse-Normandie. En quelques jours, Caen, Lisieux, Vire et une dizaine de villes importantes sont ravagées.

Dans les campagnes, les bourgs sont relativement épargnés, dont celui des Loges, une nouvelle fois.

Pendant ce temps, les Alliés gagnent du terrain. La ville

de Bayeux est libérée dès le 7 juin, mais d'autres doivent attendre encore de longues semaines. Saint-Lô, au coeur du Cotentin, totalement détruite par les bombardements, n'est libérée que le 18 juillet après des combats terriblement meurtriers ; Avranches, située plus au sud, le 30 juillet.

À Étretat, les Allemands restent retranchés dans les bunkers jusqu'au 29 août. Ce jour-là, de terribles déflagrations retentissent. Au café, Victorine et ses clients, rassemblés pour se donner du courage, sont stupéfaits : ce fracas dépasse en intensité tout ce qu'ils ont pu entendre jusqu'à présent. Pourtant, depuis des semaines, leur vie est rythmée par les coups de tonnerre des combats aériens et des bombardements.

La nuit suivante, Victorine est réveillée en sursaut par une pétarade assourdissante. À travers les persiennes, elle voit passer un cortège interminable de véhicules blindés et de motos de la Wehrmacht. Le même défilé terrifiant qu'au début de la guerre, mais cette fois, dans le sens inverse. Incrédule de prime abord, elle sent peu à peu monter en elle une joie immense en prenant conscience de ce qui est en train de se produire.

À l'aube, les habitants sortent de chez eux prudemment pour apprendre que l'armée allemande, en pleine débâcle, a bel et bien quitté Étretat et tous les villages alentours. Et les explosions de la veille ? Elles sont le fait des officiers de la Wehrmacht, qui ont préféré détruire leurs munitions plutôt que les abandonner aux Alliés.

Sur la place du village, Victorine retrouve Émile, prévenu par son cousin de la débâcle allemande. Elle se jette dans ses bras, éperdue. Les habitants affluent, se dévisagent avec un mélange d'incrédulité et de joie.

Pour Victorine, il n'y a plus de doute possible : les Allemands ont pour de bon déserté le bourg et son café, aussi soudainement qu'ils y étaient entrés, quatre ans auparavant !

Sur le visage d'Émile, le premier vrai sourire depuis longtemps, un sourire rayonnant, achève de la convaincre. C'est fini, ils sont partis.

« Les Boches sont partis ! » La clameur monte et se propage comme un feu de maquis. Une explosion de joie et de soulagement salue la libération tant espérée, après quatre années d'occupation.

Autour d'elle, les gens crient, rient et pleurent en même temps, se jettent dans les bras les uns des autres. « Nous sommes libres ! Ils sont partis ! »

Deux jours plus tard, les premiers soldats britanniques font leur entrée aux Loges, en direction d'Étretat.

Tout le bourg se précipite pour saluer cette armée qui vient de chasser l'ennemi. Victorine, Charlette dans ses bras, suit des yeux ces héros, sourire aux lèvres. Émile tient la main d'Albertine qui aimerait courir vers les Anglais, elle aussi. Les enfants accourent, poussent des cris de joie, des hourras. Chacun veut les voir de près, ces soldats amis ! Sous un soleil éclatant, les mains se tendent, s'étreignent. Les rires fusent, trop longtemps contenus.

Victorine se sent sereine, pour la première fois depuis très longtemps. Elle ressent dans tout son corps la puissance de ce mot extraordinaire : libération. C'est un poids sur sa poitrine qui disparait, une légèreté qui revient, une irrépressible envie de chanter qui monte en elle.

Soudain, elle pense à Wurtz. Il leur a sauvé la vie et elle n'a pas pu le remercier.

Les jours suivants, des femmes accusées d'avoir couché avec des soldats allemands sont tondues sur la place du village. Victorine assiste malgré elle à ce spectacle qu'elle trouve révoltant. On a demandé à son père d'exécuter cette tâche, lui qui officie comme coiffeur. Il a refusé tout net, s'est mis en colère : « Non mais, on n'est pas devenus des bêtes, nom de dieu ! »

Victorine est fière de son père, une nouvelle fois. En revanche, elle reconnaît parmi les exécutants de cette sombre besogne un de ses clients, surnommé le père Tonneau en raison de son tour de taille. En le voyant empoigner brutalement une jeune fille et tondre sa longue chevelure, mèche par mèche, un sourire mauvais aux lèvres, elle est consternée.

Bernard Lefaucheux est retrouvé mort dans sa salle de bain. L'enquête, deux lignes dans Le petit Havre, a conclu à un accident : « L'homme a manifestement glissé sur le carrelage mouillé en sortant de son bain. »

En apprenant la nouvelle, Victorine n'a pu s'empêcher de se réjouir… Bon débarras ! Lorsqu'au café, Alphonse a lu à la cantonade la brève annonçant la mort de Lefaucheux, Victorine a surpris des regards entendus entre les hommes. Elle n'a pas voulu poser de questions.

La guerre n'est pas terminée pour autant : les 5 et 6 septembre, un déluge de bombes alliées s'abat sur le Havre pour en déloger les Allemands qui résistent toujours. Les jours suivants, lorsque les troupes britanniques entrent dans la ville, c'est pour compter les morts. Le Havre a été presque totalement rasé, les rues, les immeubles, ne sont plus qu'un amas de ruines sous lesquelles près de trois mille habitants ont perdu la vie.

Cette tragédie marque pour les Normands la fin de la guerre.

À la fin du mois de septembre, les Américains prennent la relève des Britanniques aux Loges et dans toute la région. Quelle révolution ! Les GI's ont apporté dans leurs bagages des denrées inconnues et hautement désirables : Coca-Cola, chewing-gums, café soluble, barres chocolatées, cigarettes blondes. Tout en eux diffère des soldats allemands. Leur décontraction séduit, tout comme leurs rires tonitruants et leur musique au swing irrésistible. Cette abondance, cette effervescence, c'est un peu comme si après cinq années de privations et de drames, on passait du noir et blanc à la couleur.

Comme cela a été le cas avec les Allemands, *Chez Victorine* devient rapidement le lieu de distraction favori des Américains stationnés au camp Pall Mall d'Étretat, tout proche. Pour la jeune femme, l'histoire se répète, mais après les Allemands et la peur qu'ils lui inspiraient, elle se réjouit de cette nouvelle clientèle. Elle les trouve amusants et sympathiques, ces jeunes Américains. Ils découvrent le calvados, le cognac, et apprécient tout particulièrement le rancio, cet apéritif maison concocté par la jeune patronne. Ils occupent leurs soirées à jouer aux dés, au craps ou au poker. Ils parlent et rient très fort, se chamaillent à grands coups d'épaules virils. En les observant, Victorine croit parfois voir des chiots s'amuser.

Mais un jour, un jeune GI se sert dans le bar sans rien lui avoir demandé. Interdite, elle parvient à lui expliquer par gestes qu'ici les choses ne se passent pas ainsi.

Après cet incident, elle se méfie. Ces Américains sont un peu trop familiers, arrogants même. Victorine doit à nouveau s'imposer car sous leur décontraction se cache beaucoup de sans-gêne. Avec les femmes notamment, ils se comportent d'une manière qui la choque ; ils sont très entreprenants, semblent n'avoir aucune retenue.

Et puis, ces jeunes GI's boivent. Beaucoup. Pendant les années d'occupation, Victorine s'est composé un personnage de patronne revêche pour tenir les Allemands à distance. Elle ne doit pas relâcher la garde. Émile aussi est inquiet, il se précipite au café après ses journées de travail. Et ce n'est pas par plaisir. Victorine a remarqué ses regards soucieux lorsque les Américains s'installent pour la soirée.

Non, ce n'est pas encore ce qu'on peut appeler une

« vie normale » malgré la fin officielle de la guerre et la capitulation de l'Allemagne, le mardi 8 mai 1945.

Ce jour-là, partout en France, on fête la libération, et en Normandie, qui a payé un si lourd tribut, on festoie peut-être plus encore qu'ailleurs. On peut lire dans le Havre-Matin : « On danse sur les routes, dans les cours des cabarets, sur la place de la Mairie. Le pays de Caux n'a jamais autant dansé ! »

Les Américains ont beau être les grands libérateurs, ils n'en sont pas moins une force d'occupation. Et une menace pour Victorine et Émile.

***

Paris - Juin 1989

Je rentre à Paris, l'esprit en ébullition. J'imagine ce que ma grand-mère a dû ressentir en recevant cette demande en mariage, le lendemain de ses noces... Mes tracas me semblent dérisoires en comparaison du séisme qu'avait dû représenter pour elle la réception de cette lettre.

J'essaie de me souvenir de ses paroles exactes. « Il me plaisait beaucoup ». Et ils s'étaient embrassés. Elle était certainement très amoureuse, comme on l'est à cet âge ; je me souviens de l'intensité unique de ma première histoire, de mes sentiments exaltés.

N'avait-elle vraiment aucune possibilité de partir avec cet Armand ? Si elle l'avait pu, l'aurait-elle fait ? J'entends encore ses mots : « On ne divorçait pas, à l'époque. »

Je me souviens qu'adolescente, j'avais lu le roman de Flaubert, Madame Bovary, et songé qu'il existait des points communs entre Emma et Victorine. Je pense soudain qu'un siècle les sépare mais je m'interroge : de l'une à l'autre, la condition féminine a-t-elle réellement progressé ? Ma grand-mère aurait-elle pu divorcer, si seulement elle l'avait voulu ?

Je décide de me documenter. Pendant plusieurs semaines, j'écume les bibliothèques à la recherche d'ouvrages sur les droits féminins. Je rapporte des brassées de livres que j'étudie le soir, dans mon studio.

J'apprends avec effarement qu'il a fallu aux femmes françaises attendre 1965 pour pouvoir exercer une activité professionnelle sans l'autorisation de leur mari, pour avoir le droit d'ouvrir un compte en banque ou de signer un contrat de travail. Victorine aura donc été dépendante de la volonté de son mari durant toute sa vie de femme active !

Quant aux lois encadrant le divorce, je découvre que la première remonte à 1792. La procédure n'exigeait ni document justificatif ni motif, mais favorisait largement le mari sur le plan financier.

Je poursuis mes recherches. Dans une édition ancienne du Code civil napoléonien de 1804, je lis : « Le mari doit protection à sa femme, la femme obéissance à son mari. » Un numéro des Presses Universitaires de France sur les droits de la femme m'apprend qu'en 1970, la législation évolue enfin. Désormais, les deux époux « assurent ensemble la direction morale et matérielle de la famille ». Le terme de « puissance paternelle » et la notion de « chef de famille » sont supprimés du Code civil et remplacés par ceux « d'autorité parentale conjointe ». Puis en 1975, le divorce par consentement mutuel est réintroduit dans le droit français, ce qui met fin à la domination du mari ; du moins, en théorie.

Un autre ouvrage m'en apprend un peu plus sur les femmes françaises qui se sont battues pour faire évoluer la condition féminine, notamment Olympe de Gouges, écrivaine et militante féministe, Hubertine Auclert, suffragette française, Simone de Beauvoir aux écrits révolutionnaires, Antoinette Fouque, militante et théoricienne des droits des femmes, à l'origine du Mouvement de Libération des Femmes.

L'histoire d'Olympe de Gouges me frappe particulièrement car elle a payé de sa vie son engagement. En 1765, elle fut mariée par ses parents, à l'âge de dix-sept ans, à un homme « grossier et inculte » de trente ans son aîné, qui eut la bonne idée de décéder un an seulement après le mariage. Olympe redevint une femme libre et refusa de se remarier, car la loi française interdisait aux femmes de publier le moindre écrit sans le consentement de leur époux. Or, Olympe désirait plus que tout écrire. Elle publia de nombreuses pièces de théâtre et des écrits politiques en faveur des droits des femmes, demanda l'instauration du divorce en février 1790 et la suppression pure et simple du mariage religieux qu'elle qualifiait de « tombeau de la confiance et de l'amour. » Je souris. Quel avant-gardisme ! Et comme ces mots me parlent...

En 1791, elle publia la Déclaration des droits de la femme et de la citoyenne. Je lis, horrifiée, qu'elle fut guillotinée à quarante-cinq ans, en 1793. Pourquoi ? Pas très clair. L'histoire retient comme motif le fait qu'elle ait dénoncé les massacres de la Révolution et se soit exprimée en faveur d'un retour à la monarchie constitutionnelle. J'y vois plutôt une volonté de la museler et de lui faire payer ses velléités d'échapper à la domination masculine.

Je referme mes manuels. Pendant plusieurs jours, je demeure obsédée par ces femmes, par leur audace, leur engagement, leur courage. Je pense à elles comme à des soeurs. Je reporte mes rendez-vous, incapable d'entreprendre quoique ce soit. De longues marches dans les allées des jardins du Luxembourg m'aident à éclaircir mes idées. Je nous revois, mes copines et moi, à l'adolescence. Nous vivions libres et sauvageonnes, auprès de parents qui nous accordaient une liberté quasi totale, et nous pensions que choisir nos études et notre métier allait de soi ; tout comme, plus tard, nous marier ou pas, prendre la pilule, bronzer seins nus sur la plage. Eh bien non. Notre liberté et notre indépendance nous paraissaient si naturelles... et ne l'étaient absolument pas. Au contraire, quel long, quel douloureux combat pour en arriver là !

Je réalise que cela ne fait même pas vingt ans que la loi a affranchi les femmes de la soumission à leur mari ou à leur père.

Avais-je déjà pris conscience de cette domination de l'homme sur la femme, soigneusement orchestrée par une succession de lois misogynes depuis près de deux-cents ans ? À vrai dire, non, je n'y avais même jamais prêté attention. Au collège dans ma cambrousse provençale, les bandes de filles mettaient au pas celles de garçons plutôt que l'inverse ; mêmes droits, mêmes bastons. Nous les filles, savions placer les coups de pied au bon endroit et personne ne nous cherchait trop de noises.

C'est en devenant jeune fille, après ce stade de la pré-adolescence rugueuse et bagarreuse, que j'ai découvert d'autres types de relations avec les garçons ; une majorité d'expériences... plutôt agréables, je dois dire, à l'exception de quelques-unes. Mais j'avais été habituée, là-haut sur ma colline, à la brutalité, à la méchanceté ou à la stupidité de jeunes coqs aux mentalités arriérées qui nous montraient leur membre pas encore très viril en croyant nous impressionner. Mais ils ne parvenaient qu'à déclencher nos crises de fou-rire. Comme cette fois où, à seize ans, avec Anna, ma meilleure amie, nous avions rencontré un type en train de se masturber sur le chemin des calanques, à Cassis. Il se secouait le sexe en nous regardant bêtement, là, sur le bord du sentier, slip sur les chevilles. Pitoyable ! Nous avions filé en hurlant de rire.

Bref, je n'ai jamais eu la sensation d'être soumise à un homme de quelque façon que ce soit. Et à vingt-cinq ans, en tant que journaliste, je ne me suis jamais sentie « inférieure » aux hommes de ma corporation.

Soudain, j'éprouve une immense envie de remercier Victorine. Quels combats a-t-elle dû mener, à quels sacrifices a-t-elle été contrainte pour que ses filles, ses petites-filles, puissent bénéficier de vies plus douces que la sienne ?

Le vent s'est levé et soulève la poussière des allées du

Luxembourg. Je me réfugie dans ma chambre de bonne. De gros nuages noirs défilent au-dessus de ma lucarne. Je rumine l'histoire d'amour malheureuse de Victorine. Mariée en 1938, vivant dans un milieu rural, sous l'autorité de Dieu et des hommes. Je comprends mieux pourquoi elle n'a même pas dû y songer, à retrouver son bel Armand !

Je maudis le temps pourri alors que juin est là. Soudain, je pense à Milo. Je me demande où il est à ce moment précis, ce qu'il est en train de faire et bêtement, je fonds en larmes.

Je me roule en boule sous ma couette. Le visage souriant de Victorine m'apparaît comme dans un rêve et les moments heureux et insouciants de mon enfance auprès d'elle défilent. C'était le temps des histoires sans fin au moment du coucher, des fou-rires, des baisers sonores dans le cou et des mots tendres ; des « je t'aime Mamie, tu sens bon, tu es belle. » Chemisiers blancs, gilets bleu marine, collier de perles, voix fraîche et ronde. J'avais quatre ans et je pleurais, inconsolable, lorsque la deux-chevaux de mes parents me ramenait à Paris, les vacances achevées. J'aurais voulu pour toujours rester avec elle, toucher ses cheveux d'une douceur de soie, la serrer fort dans mes bras, sentir sa main autour de la mienne, entendre son rire comme une cascade. Ainsi je n'aurais plus jamais eu peur de rien ni de personne.

Elle m'intriguait, parfois. Je me souviens de ses regards mi-inquiets, mi-farouches, des silences entre eux lorsque mon grand-père rentrait de son atelier, bouche close par sa cigarette toujours plantée au coin des lèvres.

Je médite la phrase de Victorine : « « Après cette histoire, cela n'a pas toujours été simple pour moi avec ton grand-père, surtout quand on se disputait. Mais j'ai fait avec. »

Si elle avait reçu cette lettre quelques jours plus tôt, son destin aurait peut-être été tout autre.

A-t-elle été heureuse, finalement, malgré ses renoncements ? Comment a-t-elle conservé sa joie de vivre ? Quel est son secret ?

Je souris en me remémorant sa métaphore sur le mariage : une maille à l'endroit, une maille à l'envers. La vie est longue, laisse faire les choses, m'a-t-elle dit.

Tu as raison, Mamie. Et pourtant, tous ces doutes en moi ! Certains de mes amis sont déjà mariés, ont des enfants. Moi, je me sens encore du côté de l'enfance. J'ai peur de plonger dans le grand bain.

***

Les Loges - Octobre 1945. Marthe

Sous une pluie battante, son long manteau dégoulinant sur ses souliers, Marthe se hâte à petits pas vers le café de sa bru. Celle-là, toujours à minauder avec les clients… Il faut bien qu'elle veille au grain, Marthe ! Avec ces Amerloques fraichement débarqués, en pleine forme et surexcités, avec Émile qui part de bonne heure travailler et qui regarde sa femme comme si c'était la Sainte Vierge, elle doit redoubler de vigilance. Sa belle-fille, avec tous ces hommes autour d'elle pendant toute la durée de cette foutue guerre… On n'a jamais vu ça ! Marthe a eu beau lui dire cent fois que cela ne se faisait pas, elle avait l'air de s'en moquer comme d'une guigne. Une vraie tête de pioche. Un miracle qu'il ne se soit rien passé avec les Boches, tiens. Elle l'aurait bien cherché. Après, ce qu'elle faisait quand personne n'était là pour la surveiller, on n'en sait rien, hein…

Parvenue au café en maudissant la pluie qui a détrempé ses souliers, Marthe aperçoit, à travers la porte vitrée, Victorine aux prises avec trois GI's. Elle pousse la porte précipitamment et constate sans l'ombre d'un doute qu'ils sont totalement ivres. L'un d'eux, hilare, tient Victorine par les bras, un autre tente de la pousser sur les genoux du troisième. Victorine trébuche, se débat mais elle perd l'équilibre et un des GI's, un grand brun aux muscles épais, en profite pour tenter de l'embrasser sur la bouche.

Tout d'abord pétrifiée par la scène, Marthe bondit, son parapluie à la main, et se précipite vers eux.

— Allez-vous arrêter ça… Lâchez-la ! Ça suffit maintenant, bande de sauvages !

Marthe est petite et sèche, mais musclée et costaude comme une chèvre. Elle peut abattre un arbre à la hache et c'est elle qui remonte le charbon de la cave quand son fainéant de mari a le dos coincé. Ils ont dessaoulé d'un coup, ces saletés de GI's ! À coups de parapluie elle les a fait fuir ! Ils ont filé comme des lapins.

Et Victorine... Elle peut être rouge de honte, celle-là ! Marthe l'avait bien dit, qu'il allait lui arriver des bricoles. « Vous êtes arrivée au bon moment » qu'elle a pleurniché, et voilà qu'elle tremble, maintenant. Allez, mieux vaut ne rien dire. Qu'elle lui serve un grand café et qu'elle y mette un peu de calva. Marthe a bien besoin d'un petit remontant, après s'être échauffé les sangs à cause de cette bru sans vergogne. Elle a dû les provoquer, et voilà ce qui est arrivé.

Elle ne manque pas de culot, de lui demander, à elle sa belle-mère, de ne pas raconter à Émile ce qui vient de se passer : « Et il serait fou de rage ! », et « Qui sait ce qu'il adviendrait ! » À la place d'Émile, Marthe la surveillerait un peu plus, la Victorine. Ces Américains, tous de la mauvaise graine, toujours à traîner au café !

***

Les Loges - Mars 1946

Émile est fourbu. Sa journée de travail a été harassante. Des heures à peindre, le bras en l'air, en équilibre sur un échaudage. Comme tous les soirs, il donne un coup de main à Victorine avant la fermeture. Il se dirige vers la réserve d'alcool sans remarquer qu'un soldat américain lui a emboîté le pas. Victorine, elle, a tout vu. Elle les suit discrètement.

Au moment où Émile entre dans la réserve, le GI le plaque contre le mur en proférant des menaces incompréhensibles. Il lui met son couteau sur la gorge. Si Émile se défend, c'est le drame assuré. Elle le voit serrer les poings. Alors, elle se précipite et s'interpose entre les deux hommes. Le GI fait mine de la frapper, mais elle soutient son regard et l'autre baisse la main. Le GI finit par lâcher Émile et ressort en les insultant.

Une humiliation de plus pour Émile. Beaucoup d'angoisse, à nouveau, pour Victorine.

Enfin, en août 1946, l'armée américaine quitte définitivement le camp Pall Mall et la région. Ce jour-là, Victorine songe que la guerre est vraiment finie et qu'elle est libre, pour de bon !

Au fil des jours, elle se sent renaître, chante à nouveau pour ses clients. Dans la maison aux fenêtres grandes ouvertes, l'air s'engouffre avec un exquis parfum de liberté. Albertine et Charlette profitent elles aussi de l'euphorie ambiante, trottinent joyeusement entre les clients redevenus volubiles, passent des genoux des uns aux bras des autres.

Les GI's sont partis mais ils ont laissé leur musique. Alphonse a ressorti son phonographe, et comme avant la guerre, il fait danser sa femme et sa fille dans de grands éclats de rire, se déhanchant avec enthousiasme sur le swing endiablé de Glenn Miller et des Andrew Sisters, sous les yeux ravis d'Albertine et Charlette.

On s'étourdit pour oublier, mais le coeur n'est pas vraiment à la fête. Tout est à reconstruire, à repenser. À Étretat, les bâtiments du front de mer ont été trop endommagés pour être réparés et les propriétaires des belles villas optent pour de nouvelles constructions modernes. Ni les belles façades à colombages, ni les élégants bow-windows ne seront reconstruits. Personne ne veut faire revivre le passé. Trop de douleur, trop de drames.

Pendant de longs mois, les prisonniers allemands contribuent au déminage et au nettoyage de la plage et de ses alentours : un travail de fourmi, une folle entreprise qui semble impossible à mener à bien. Et pourtant, un beau dimanche de promenade sur la digue d'Étretat rendue à ses habitants, Victorine et Émile constatent, stupéfaits, que les barbelés enchevêtrés le long des balustrades blanches du perrey, les sinistres hérissons et les pics de ferraille plantés un peu partout ont été totalement effacés du paysage.

Une année à peine s'est écoulée depuis la fin de la guerre et la plage a presque retrouvé sa splendeur.

Victorine n'en croit pas ses yeux. Quelle incroyable renaissance ! Elle se tourne vers Émile, un sourire radieux aux lèvres. Il la serre dans ses bras et elle songe que désormais, tout est possible.

Possible, mais difficile. Victorine a beau se démener, l'argent manque cruellement malgré le succès de son établissement. La région est en ruine et le salaire de peintre en bâtiment d'Émile, qui vient tout juste de s'installer à son compte, ne suffit pas, loin de là. Pour Victorine, l'heure des choix est arrivée. Si elle veut que son commerce se développe, elle doit trouver de nouveaux débouchés. Son rêve : distribuer la Presse. Elle multiplie les démarches auprès des différentes administrations. Pendant plusieurs mois, elle envoie des dizaines de courriers, reçoit autant de refus. Jusqu'au jour où elle reçoit la précieuse autorisation administrative.

Avec les grands quotidiens nationaux et les magazines féminins, c'est le monde entier qui entre aux Loges. Victorine accueille ainsi une nouvelle clientèle, qui jusque-là ne mettait pas souvent les pieds dans son établissement : les femmes.

La mode a débarqué aux Loges, et c'est *Chez Victorine* que ça se passe.

Pas le temps de se poser, de se reposer. Pas de temps pour les questions. Pas de temps pour soi, pour l'amusement. Le soir, quand elle a salué son dernier client, fermé sa caisse, balayé et lavé les sols, vite essuyé et rangé les verres, Victorine se hâte pour s'occuper de ses filles et préparer, vite encore, le repas. Toujours cette impression d'être dans un tourbillon ; dans le « feu de la vie ». Quel contraste avec les années de guerre ! Des années terribles, comme diluées dans le brouillard, songe-t-elle parfois. Comme un temps suspendu à ne rien faire qu'attendre, espérer et désespérer, survivre plutôt que vivre, soumise et impuissante, contrainte et empêchée. Un semblant de vie.

Lorsque la maisonnée est endormie et qu'elle ne peut s'empêcher de songer aux événements passés, à la peur, à la faim, à l'attente interminable de jours meilleurs, lorsqu'elle revoit les visages de Lefaucheux, des parents Tellier, de l'adjudant Wurtz, ou encore des quatre salopards de la Gestapo, qu'elle est assaillie par les images du départ d'Émile le jour de la mobilisation, de l'irruption de la horde sauvage des SS, de toutes ces vies gâchées, elle se dit que ces années-là auraient été totalement perdues s'il n'y avait eu la naissance de ses filles, étincelles de vie jaillissant de ce magma.

Ses filles... Sa fierté et son bonheur. Charlette vient de fêter ses cinq ans, Albertine ses huit ans. Elles sont entrées à l'école et Victorine supervise leurs devoirs tout en s'occupant de son commerce qui tourne à plein régime entre le débit de tabac, la presse et le café.

Elle n'a pas une « clientèle choisie », non, mais des clients modestes : des pêcheurs, des ouvriers, des agriculteurs.

Un samedi soir, des marins de la région font une entrée bruyante au café. Ils rentrent tout juste de Terre-Neuve, haut lieu de la pêche à la morue situé à l'extrême nord-est du Canada. Parmi eux, elle reconnaît le gros père Tonneau, vêtu de sa veste de quart élimée, suivi de la jeune fille qu'il avait tondue à la Libération. Victorine est stupéfaite, et plus encore en apprenant qu'ils sont désormais mari et femme.

La fine équipe des terre-neuvas est donc venue célébrer le retour au pays *Chez Victorine*. Pendant plus de cinq mois, ces hommes ont travaillé sans relâche sur un chalutier au confort spartiate, enduré le mal de mer lorsque par gros temps les lames montent à l'assaut du navire, affronté le froid qui engourdit les doigts lors du traitement des tonnes de morue déversées chaque jour par le chalut sur le pont. Ils ont travaillé enfoncés dans le poisson jusqu'en haut des cuisses, transis d'humidité : des conditions qui faisaient pleurer de fatigue les jeunes mousses de quatorze ans et jurer aux anciens que « faut lâcher c'te putain de métier et entrer dans la Douane ! »

Alors, une fois à terre et avant le prochain départ, ces marins-là veulent prendre du bon temps. Ce samedi soir, ils commandent un verre, un deuxième, et d'autres encore. Beaucoup d'autres. Ils commencent à rire trop fort, à s'échauffer, des éclats de voix fusent. Le père Tonneau s'en prend à un tout jeune homme :

— Toi le mousse, t'es qu'un bon à rien, toujours à nous servir la gamelle froide. Il t'a pas assez souqué la vis, le chef... J'aurais dû t'balancer au cul du chalut !

Un marin plus âgé, surnommé la Planche, intervient :

— T'exagères, le Tonneau ! On parle pas comme ça aux gamins. Un peu de respect, ou tu vas prendre une palanquée sur la gueule !

— Ah ouais, ben viens voir un peu, c'est toi qui vas prendre ma main dans ta gueule !

Et soudain des poings volent, des assiettes valdinguent, des noms d'oiseaux retentissent.

Victorine s'écrie :

— Dites donc, ça suffit maintenant ! Vous arrêtez ça tout de suite ou je vous mets dehors !

Elle tente de s'interposer. Le père Tonneau lui saisit le poignet en ricanant.

— Pousse-toi donc, ma p'tite.

— Lâchez-moi ! Allez vous bagarrer ailleurs !

Nini Maubert, la voisine d'en face passée boire un verre, se lève d'un bond et attrape la main du père Tonneau. Elle lui tord le pouce vers l'arrière jusqu'à ce qu'il tombe à genoux, poussant des cris de douleur d'une voix suraiguë, ce qui déclenche l'hilarité générale. Victorine en profite pour se dégager. Elle fixe sévèrement le père Tonneau et lui montre la porte du doigt. Le marin se relève sous les quolibets, ramasse sa veste et sort en oscillant à la façon d'une poupée russe, suivi par son épouse, tête basse, toute de noir vêtue.

Victorine est effarée... Pourquoi diable cette femme a-t-elle épousé cet affreux bonhomme, après ce qu'il lui a infligé ? Il y a des choses qu'elle ne comprendra jamais !

Elle se tourne vers sa voisine.

— Où est-ce que vous avez appris ça, Nini ?

— Dans mon métier, ma cocotte, il faut savoir se défendre. Je t'apprendrai, tu verras, c'est pas bien compliqué.

Victorine ne sait pas trop si elle doit raconter cette histoire à Émile. Il juge en effet que la gouailleuse voisine n'est pas « fréquentable. » Car cette Normande taillée comme une armoire, qui vient d'ouvrir une auberge en face de leur café, tient également un hôtcl dc passe à Fécamp. C'est Alphonse qui le leur a révélé. On ne sait pas trop comment il l'a appris.

Victorine n'a pas le temps d'avoir des amis, mais Nini Maubert en est une, gentille et gaie. La quarantaine pétillante, des yeux verts qui lancent des flammes, la solide matrone à l'exubérante chevelure fauve est toujours de bonne humeur. De temps en temps, les deux femmes boivent un café avant l'arrivée des premiers clients. Un jour, Nini a invité Albertine et Charlette à boire un chocolat et elle les a fait grimper sur une table pour danser. Émile bien sûr n'en a rien su. Victorine a ri en imaginant son air réprobateur s'il l'apprenait.

Le lendemain de l'échauffourée des terre-neuvas, Nini fait irruption au café dans un froufroutement de jupons rouge carmin, cheveux au vent. Elle s'assied au comptoir et éclate de rire :

— Fallait voir la tête du gros type quand je lui ai retourné la main !

Victorine rit, elle aussi :

— Ah ça, il ne s'y attendait pas !

Victorine boit son café, soudain songeuse.

— Bah qu'est-ce qui t'arrive ma cocotte ? Tu m'as l'air toute chose. C'est ce sale bonhomme qui t'inquiète ?

— Non, non... je me fais du souci pour ma mère. Elle est très fatiguée depuis quelques temps. Le médecin lui a recommandé de déménager au bord de la mer et mon père vient de m'apprendre qu'ils partent s'installer à Étretat. Ils vont vendre leur café-restaurant et ouvrir une petite épicerie. J'ai peur que ma mère y laisse ses forces. Mon père fait crédit à tout le monde, il efface les ardoises comme s'il était le père Noël ! Et ma pauvre maman, elle se ronge les sangs et doit payer les factures.

— Allez, ma toute belle, Lucie est plus solide qu'il n'y paraît. Ne t'en fais pas trop, va !

Victorine répond en souriant :

— Pourvu que vous ayez raison...

— Mais oui ! On est plus costaudes que les hommes, nous les femmes. Allez, faut que j'aille ouvrir, moi. Boujou, ma belle.

Comme Victorine le craignait, à peine installé dans la petite épicerie, Alphonse distribue des bonbons à tous les gamins qui passent et comme toujours, Lucie doit y mettre le holà, endosser le rôle de rabat-joie.

Victorine s'inquiète aussi pour son mari. Bien que son affaire se développe de manière satisfaisante, elle le trouve plus renfermé, plus taiseux encore qu'avant la guerre.

Un dimanche, elle a surpris des bribes de conversation entre Émile et ses cousins, qui avaient été fait prisonniers en Allemagne et qui ne sont rentrés que plusieurs mois après la fin de la guerre : « Un vrai massacre, on s'est fait canarder, des morts partout... bras arraché... torturé, un copain, fusillé contre un mur. » Elle a vu Émile, les yeux rouges, prendre sa tête dans ses mains et rester prostré un long moment.

Chaque jour, Victorine lui apporte son casse-croûte à l'atelier. Un midi, elle s'assied auprès de lui et pendant qu'il roule une cigarette, elle lui dit d'une voix douce :

— Émile, je vois bien que ça n'a pas l'air d'aller. Tu peux me parler, tu sais.

Il reste silencieux un long moment. Il finit par marmonner, mâchoires crispées :

– Y a rien à dire…

Elle se lève, reprend le chemin du café, pensive.

Qu'est-ce que j'espérais ? Qu'il revienne du front joyeux ?

Elle avait un jour entendu le curé d'Yvetot, qui discutait avec un prêtre de passage, utiliser cette expression : silencieux comme un Cauchois. Victorine soupire. Elle songe qu'elle doit l'accepter tel qu'il est, qu'elle doit être patiente avec son mari ; que certaines blessures mettent du temps à se refermer.

***

Allendorf - Avril 1946. Otto Wurtz

Escorté par un GI, Otto Wurtz, vêtu d'une combinaison kaki, celle des prisonniers du camp, marche à petits pas prudents sur le trottoir recouvert de neige verglacée. Depuis des semaines, la température avoisine les moins dix degrés et le sol est par endroit une vraie patinoire. En parcourant l'étroit chemin entre sa cellule et le baraquement de l'armée américaine la semaine dernière, il est tombé et a bien cru qu'il s'était fracturé le coude.

Au début, il était menotté lorsqu'il devait sortir de sa cellule, comme les autres officiers allemands emprisonnés dans cette base américaine d'Allendorf, une ville située au centre-ouest de l'Allemagne. Puis le chef de la mission, le colonel Charles Pence, avait ordonné qu'il soit libéré définitivement de cette entrave, jugeant qu'il ne présentait aucun danger.

Depuis presque deux ans, Wurtz est sans nouvelles de sa femme, Clara, et de leur fille, la petite Kirsten. Sa belle femme adorée, et sa ravissante fillette blonde de cinq ans... Que sont-elles devenues ? Au début de la guerre, il avait insisté pour qu'elles partent se mettre à l'abri à la campagne, chez ses parents à lui qui vivaient à Friesack où le danger paraissait moindre. Mais Clara avait refusé, elle voulait rester près de sa famille, à Berlin. Ses parents vieillissaient et elle s'inquiétait plus pour eux que pour elle. Puis Wurtz avait été envoyé combattre en France. Ils s'étaient écrit de longues lettres, chaque semaine, jusqu'au mois de juin 1944.

Maintenant le monde est en ruine, Berlin est en ruine, sa

femme et sa fille sont peut-être mortes, comme la plupart de ses amis. Que sont devenus ses élèves ? Ses collègues profs ? Depuis la retraite de Normandie et les terribles heures qui ont suivi, depuis qu'il a été fait prisonnier, il éprouve les plus grandes difficultés à avoir les idées claires. Chaque jour, les révélations sur les atrocités commises par ses pairs pleuvent et l'accablent. La honte se mêle en lui à l'épouvante. Tout ce en quoi il croyait, l'humanisme, l'intelligence, le raisonnement, tout a disparu. Dans sa tête, tout est brouillé ; ses pensées se résument à deux mots : Clara, Kirsten.

Un jour, il ne sait plus combien de temps après sa capture lors du dernier combat contre les troupes alliées, un soldat français est venu l'extraire de sa prison des environs de Paris. Il a pensé que sa dernière heure était arrivée, qu'on allait le fusiller. Il a dit adieu en pensée à sa famille, a récité une prière, lui qui ne croyait pas en dieu.

Mais il n'a pas été fusillé. Il a été conduit dans un bureau où un officier américain lui a dit :

— Avant la guerre, vous étiez enseignant. Vous parlez français. Vous avez donc été choisi pour participer à une mission dirigée par l'armée américaine.

Il est resté attentif en attendant la suite.

— Comprenez-vous, Sir ? Votre apport contribuera à éclairer le monde libre après la tragédie de la guerre.

— Oui, je comprends. Je ferai ce que vous attendez de moi.

Il a hésité puis a tenté le tout pour le tout, la voix mal assurée :

— Puis-je vous demander une faveur ? Ma femme et ma fille… Pouvez-vous vous renseigner ? Je voudrais juste savoir… si elles sont en vie.

— Yes Sir. Je vais faire mon possible, a répondu l'officier.

Otto Wurtz s'est remis à espérer. Quelques jours plus

tard, avec d'autres officiers allemands, il a été emmené en Allemagne dans un convoi de véhicules blindés. Partout, ce n'était que désolation et ruines, routes défoncées et maisons éventrées. Il apercevait le long des routes des gens en guenilles, maigres, livides, qui semblaient à bout de forces. La plupart des villages étaient dévastés.

En arrivant à Allendorf, il était détruit par le spectacle de cette misère humaine.

Un sergent lui a expliqué le but de cette mission, nommée « Operational History Section » : récolter le plus d'informations possibles sur l'organisation et le fonctionnement de la Wehrmacht. Le travail qui lui était demandé consistait à rédiger un rapport sur le rôle, le quotidien et les modes d'action de sa section pendant la guerre.

Depuis, chaque jour, du réveil au coucher, Wurtz consigne scrupuleusement ses souvenirs. Lorsqu'il tape ses notes sur la lourde machine à écrire Corona de l'US Army, il cesse de penser à sa femme, à sa fille ; ses visions de cauchemar disparaissent. Alors, il rédige sans relâche, remonte le temps, tente de se souvenir de chaque journée et ne s'interrompt que quelques minutes par jour pour avaler la nourriture qu'on lui apporte. Il reprend sa tâche jusqu'à tard le soir, jusqu'à ce qu'un GI l'oblige à abandonner son poste.

Quelques mois plus tard, trois, quatre, il ne sait plus – le temps pour lui, morne et indifférent, s'écoule au rythme saccadé des touches de sa machine Corona – l'officier américain à qui Wurtz avait adressé sa requête lui apporte un pli cacheté à l'en-tête de la Croix Rouge allemande, l'organisme chargé d'enquêter sur les personnes disparues pendant la guerre et de permettre, parfois, aux familles de se retrouver.

Wurtz ouvre lentement l'enveloppe. Sa femme et sa fille.

Vivantes. Un large sourire éclaire son visage, des larmes coulent le long de ses joues. L'officier américain lui tapote l'épaule. Il arrive que de bonnes nouvelles éclairent une journée.

L'énergie de Wurtz est décuplée et il s'acquitte de sa mission de façon moins mécanique à présent, même s'il s'attache à décrire avec autant de minutie et de rigueur les années d'occupation en Normandie, dans les villages proches de celui des Loges où il a tenté tant bien que mal d'humaniser la situation de ces pauvres gens : des hommes et des femmes qui l'ont impressionné par leur courage et leur capacité d'adaptation. Comme cette jeune patronne du café des Loges qui n'avait peur de personne... Madame Belloc. Il sourit en revoyant son visage, mélange de candeur et de force. Quel était son prénom déjà? Victoire? Victorine? Oui, c'est ça, Victorine. Une « sacrée bonne femme », comme disent les Français.

***

Les Loges - Septembre 1952

Depuis la fin de la guerre, pas moins de dix autres cafés-restaurants ont ouvert dans le bourg. Les clients de Victorine lui sont restés fidèles et lui témoignent toujours autant d'amitié. C'est ce qui la porte et qui l'aide à surmonter les longues journées, harassantes, et les soucis du commerce.

Dans son quotidien de rudesse et de fatigue, son seul loisir, son espace de liberté et d'évasion, c'est le chant. Chaque dimanche, elle chante à l'église et participe aussi, de temps en temps, à de petits concerts locaux. Les soirs de répétition, elle se dépêche de coucher ses filles et se réjouit de rejoindre sa chorale.

Après la guerre, une petite salle de concert qui fait aussi office de cinéma et de théâtre a ouvert aux Loges. Le responsable, qui connaît Victorine et sa belle voix, lui propose le rôle principal dans une opérette à succès, « Violettes Impériales ».

Victorine pense souvent à cet ami de ses parents, Monsieur Petit, qui la trouvait douée et voulait l'inscrire gratuitement dans son école de chant, à Rouen. Mais ses parents ne pouvaient se passer d'elle au café-restaurant. Alors ce rôle, c'est une jolie petite revanche. Mieux, un bonheur inespéré. Émile va râler, mais tant pis. Elle se lance dans l'aventure et répète devant ses clients ravis.

Le jour de la première, les voisins, la famille et les amis se pressent pour s'assoir aux meilleures places. Micheline et Jacques Lefort ont fait le déplacement depuis Rouen. Maurice est même venu de Paris, accompagné de sa jeune épouse. Après la guerre, il a ouvert une boucherie-charcuterie et n'a guère le temps de rendre visite à sa famille.

L'orchestre, installé sur le côté de la scène, attaque les premières notes de l'opérette. Le rideau se lève. Au premier rang, Émile, Albertine et Charlette découvrent Victorine, ravissante dans son costume de gitane. Elle joue le rôle de Violetta, une modeste marchande de fleurs dont s'éprend un fils de bonne famille nommé Don Juan : un homme trop bien né pour elle. La soirée se déroule comme un rêve merveilleux au fil des nombreux rebondissements de l'opérette. Dans la scène finale, Violetta est blessée en voulant secourir l'impératrice Eugénie. Pensant que sa mère souffre « pour de vrai », Charlette fond en larmes. Victorine se relève et lui envoie un baiser, un sourire éclatant aux lèvres. Puis, entourée des autres comédiens, elle salue sous les applaudissements, un bouquet de violettes à la main qu'elle lance à Albertine.

Après cette incroyable soirée, Victorine se sent des ailes, revit en permanence ces instants qui lui ont procuré tant de plaisir, fredonne les airs de son opérette : « *Qui veut mon bouquet de violettes, mesdames, c'est un porte-bonheur* »

Un soir, elle confie à Émile :

– Le directeur du théâtre m'a proposé de participer à leur prochain spectacle.

Émile reste muet. Elle poursuit :

– Il faudrait que je répète un ou deux soirs par semaine.

Il finit par bougonner :

– Écoute, ça ne me plait pas beaucoup, cette histoire. Et quand je rentrerai tard du travail, qui s'occupera des filles ?

Elle ne trouve rien à répondre. De toute façon, elle est épuisée par ses journées au commerce.

Si je le contrarie, il va me faire la tête, ce sera pire que tout. Je suis tellement fatiguée, je serai aussi bien dans mon lit.

Tant pis, elle va « faire avec. » Elle se contentera de chanter à l'église le dimanche.

Émile, après ses journées de travail, est épuisé et n'aspire qu'au silence tandis que Victorine rêve de scène, de chant et de danse. Pendant que son mari lit le journal auprès du poêle et s'endort dans son fauteuil, elle tricote en laissant son esprit vagabonder sur une scène de théâtre, en compagnie de princesses éblouissantes et de fougueux hidalgos. Elle fredonne, tout bas, pour ne pas réveiller Émile.

Un matin, il lui reproche des faux plis sur ses vêtements de travail. Elle est en pleine comptabilité, les petites sont malades depuis une semaine, elle se soucie pour Alphonse dont la santé se dégrade depuis quelques temps. Elle fait mine de n'avoir pas entendu, il insiste, bougonne que « c'est tout le temps la même chose. »

Elle explose :

— J'en ai marre ! Toujours à ronchonner ! Je fais tout ce que je peux, je n'arrête pas, et jamais un mot gentil !

Elle poursuit, emportée par sa colère :

— Jamais un sourire, jamais une parole aimable, seulement des reproches ! J'aurais mieux fait de l'épouser, l'autre. Il aurait sûrement été plus sympa avec moi, lui.

Émile se fige. Puis il se lève et sort en claquant la porte, blême.

Victorine bouillonne, encore sous l'effet de la colère. Pourquoi a-t-elle pensé à Armand, pourquoi maintenant, alors qu'elle s'était si bien efforcée de l'oublier, qu'elle pensait avoir réussi ? L'histoire d'amour impossible entre Violetta la modeste marchande et Don Juan l'aristocrate aura ravivé sa blessure...

La lettre de demande en mariage, elle avait attendu longtemps avant d'en parler à Émile. Elle lui avait raconté l'épisode après la naissance de Charlette, d'un ton détaché, avec un petit rire, comme si cela n'avait aucune espèce d'importance. Il avait écouté attentivement et n'avait pas fait de commentaire. Il avait simplement hoché la tête, avec un drôle d'air.

Ça m'avance à quoi ? Ce n'est pas moi, ça. Je lui ai fait de la peine. Pauvre Émile... Mais on est si différents, on a tant de mal à se comprendre ! Il m'aime, je le sais rien qu'à ses regards. Qui sait ce qu'aurait été ma vie avec Armand ? Est-ce que j'aurais été plus heureuse avec lui ?

Comme chaque fois qu'elle arpente ces humeurs mélancoliques, elle se réfugie en pensée auprès de ses filles, son réconfort. Sa complicité avec Albertine croît avec les années et Charlette, très câline, la comble de tendresse.

Oui, s'il y a bien une chose dont elle ne doute jamais, c'est de son bonheur d'être mère. Ne serait-ce que pour cela, elle ne peut regretter son choix.

***

Les Loges - Novembre 1952

Victorine a trente-deux ans, Émile en a six de plus. Depuis peu, il a abandonné le vélo pour une moto : une Peugeot 250 à moteur bicylindre. La première fois qu'il a proposé à Victorine de faire un tour, elle a accepté avec un peu d'appréhension. Collée à lui, elle l'a agrippé fermement par la taille lorsqu'il a fait vrombir le moteur.

Depuis qu'il a acheté cette moto, Émile n'est plus tout à fait le même homme. Elle le trouve plus souriant, moins taciturne. Plus sûr de lui. Lorsqu'il part au travail le matin, sanglé dans sa veste de motard, il a de l'allure. Il semble parfois à Victorine que cet engin lui a redonné le goût de la vie.

Un dimanche après-midi, pendant que les hommes font la sieste et qu'elle prépare des confitures avec sa mère, elle songe à tout cela, à Émile adouci, aux fantômes de la guerre qui s'éloignent et elle déclare, comme pour elle-même :

— C'est quand même étonnant, à quel point on parvient à oublier les coups durs de la vie.

Lucie sourit :

— Je ne crois pas qu'on oublie, ma fille. Je crois qu'avec le temps, les blessures font moins mal, c'est tout.

Les deux femmes poursuivent leur tâche en silence jusqu'à l'arrivée de Tosca, la chienne noire et blanche que la famille a adoptée il y a quelques mois, suivie d'Émile. Charlette et Albertine trottent derrière eux, Alphonse ferme la marche. En retirant ses bottes, il déclare d'un ton satisfait :

— Alors les femmes, ça cause ? On a bien travaillé ! Le

cidre est gouleyant cette année. Un régal... Les petites nous ont drôlement aidés, pas vrai les filles ?

– Oui grand-père ! On a tout bu en plus.

Victorine fait mine de les gronder :

– Oh Albertine, Charlette, vous allez être pompettes !

Le cidre est la grande affaire de l'automne. Cette année, Albertine et Charlette étaient assez grandes pour participer. Elles ont aidé Émile à ramasser les pommes puis ont assisté, très intéressées, aux étapes de la fabrication : broyage dans la grugette, superposition des couches de copeaux de pommes dans le pressoir. Au premier tour de vis, elles ont guetté ce moment magique où le jus de pommes coule. Le meilleur, le plus pur. Exceptionnellement, les fillettes ont eu le droit d'y goûter.

Elles ont peu d'occasions de passer du temps avec leur père. Le cidre en est une. Chaque soir, toutes deux attendent impatiemment qu'il rentre du travail pour sortir Tosca avec lui. Ils apprécient ces moments rares, donc précieux.

La vie deviendrait presque douce pour Victorine sans la présence exaspérante de sa belle-mère. De la guerre, Marthe a conservé l'habitude de passer chaque jour au café. Et à vrai dire, elle s'y comporte comme si elle en était encore la propriétaire. Elle commente les faits et gestes de sa belle-fille, la houspille : « Tu devrais nettoyer ceci, ranger autrement cela ; tu sers des rations trop généreuses, tu manges le profit. Tu es comme ton père ! »

Quelques jours après cet échange, Marthe, à son habitude, s'installe et commande une tisane. L'oeil noir corbeau, elle observe sa bru qui lave des verres tout en bavardant avec un habitué. Soudain, elle lui lance :

– Je te vois faire les yeux doux aux clients, hein... Comme quand tu t'isoles dans la cuisine pour parler avec ce représentant de commerce, si tu crois que je ne sais pas ce que vous manigancez !

La gifle part comme un coup de fouet. Marthe se tient la joue, ouvre grands les yeux et la bouche dont, pour une fois, pas un son ne sort. Elle remet son chapeau, attrape son manteau et quitte les lieux le plus dignement possible.

— Et ne remettez pas les pieds dans mon café !

Le client témoin de la scène dévisage Victorine, bouche bée :

— Eh ben dis donc, tu ne l'as pas ratée, cette fois-ci !

— Elle l'a bien cherché, répond Victorine, encore bouillonnante de colère.

Elle n'a aucun regret mais se demande tout de même comment va réagir Émile.

Le soir venu, elle lui raconte les médisances à répétition, son ras-le-bol, sa colère froide qui est montée d'un coup. Sa main qui est partie toute seule.

Émile l'écoute sans l'interrompre. Suivent quelques instants de silence.

— Elle n'a eu que ce qu'elle mérite, finit-il par lâcher.

Et il ajoute :

— Tu as eu raison. Je pense qu'elle ne t'embêtera plus de sitôt.

Elle se couche ce soir-là sourire aux lèvres et se serre contre son mari en songeant que la vie réserve décidément bien des surprises.

Du temps a passé avant que Marthe ne se risque à montrer le bout de son nez au café.

En revanche, Albertine et Charlette lui rendent souvent visite. Elles l'aiment beaucoup, elles, cette grand-mère vive et excentrique qui les emmène glaner dans les champs et ramasser du « manger à lapins ». Avec elle, c'est toujours l'aventure au bout du chemin. Lors de ces expéditions avec ses petites-filles, Marthe emporte dans sa musette un litre de cidre, du pain beurré et de la confiture, et à l'heure du goûter, elle déplie une couverture au milieu des champs en déclarant : « C'est l'heure de la bamboche ! » avant d'enduire généreusement le pain de confiture.

Oui, les gamines sont toujours ravies de passer du temps avec Marthe et lorsqu'elles sont en sa compagnie, Victorine peut travailler l'esprit tranquille ; elle sait qu'en cas de coup dur, sa belle-mère peut se révéler diablement efficace.

Mais en cette fin d'année 1952 pleine de promesses, Alphonse tombe gravement malade. Le médecin diagnostique une angine de poitrine. Lorsque Victorine lui rend visite, elle le trouve à chaque fois un peu plus amaigri. Est-ce vraiment son père ? Comment est-ce possible, une telle transformation ? Lui, si plein de vie ! Il ne chante plus, ne rit plus, est incapable de se lever. Ses yeux pétillants sont éteints. Alphonse, le bon vivant qui semblait indestructible, décède au mois de janvier.

Victorine doit s'habituer à vivre sans son rire, sans ses chansons et cela lui paraît impossible. Pour elle, un univers s'effondre : celui de l'enfance, des joyeux dimanches en famille, ces dimanches où Alphonse les embarquait tous les trois dans le grand siège en osier attaché à son vélo vers le Havre, pour rendre visite à sa chère grand-mère. Au retour, assise à côté de Lucie, Victorine humait les odeurs de terre humide, d'herbe fauchée, et Alphonse pédalait en chantant à tue-tête, gaillard.

Avec son père adoré, son alter ego, c'est sa jeunesse insouciante et gaie qui disparait. Adieu les chansons sur le phonographe. Adieu la danse et les rires à gorge déployée. Elle éprouve la même peine immense que lorsqu'Héloïse, sa grand-mère vénérée, est morte.

Chez leur grand-père, Albertine et Charlette pouvaient faire à peu près tout ce qui leur passait par la tête. Tout était permis : grimper aux arbres fruitiers du grand jardin pour y mordre à belles dents pommes et poires, construire des cabanes, patauger dans la gadoue et se salir. Elles se déguisaient avec de vieux vêtements de Lucie, Alphonse apportait sa touche finale en leur dessinant une moustache avec un morceau de bouchon brûlé.

Durant les semaines difficiles qui suivent son décès, Victorine entoure Lucie de son mieux. Elle sait qu'Alphonse ne l'a pas toujours épargnée mais elle sait aussi qu'il y avait beaucoup d'amour entre eux.

Papa, tu me manques. Ton rire, ta bonne humeur. Qui à présent pour danser avec moi, me taquiner ?

Un soir, après le repas, Émile s'attarde auprès d'elle au lieu d'aller se coucher comme il le fait habituellement. Il lui demande des nouvelles de Lucie, s'intéresse aux devoirs des filles. Puis il prend des initiatives inédites, fait la vaisselle, range la cuisine. Elle s'ouvre auprès de lui de ses soucis au sujet du commerce : le fournisseur de café qui tarde à la livrer, le père Georges qui n'a pas encore payé sa dette. Émile, de son côté, vante les qualités de son nouvel employé, décrit son nouveau chantier dans une belle demeure du Tilleul dont les murs sont ornés de fresques qu'il doit restaurer.

Elle apprécie ses efforts ; elle sait ce que « faire la conversation » lui coûte.

Au fil des jours, le chagrin de Victorine s'apaise. À la radio, elle écoute les mots tendres d'Édith Piaf : *Quand il me prend dans ses bras, il me parle tout bas, je vois la vie en rose...*

Albertine a treize ans, Charlette, dix, lorsque Victorine tombe à nouveau enceinte. Elle ne s'attendait pas à cette nouvelle grossesse, dix ans après Charlette. Ils espèrent un garçon. Ce sera une fille : Élise. Une « ravisée », comme on le dit ici des enfants qui naissent longtemps après une première couvée.

Depuis la naissance d'Élise, Victorine se sent différente, un peu comme si elle avait vieilli d'un coup. Tous ces escaliers… Elle s'y essouffle, s'y épuise. Et Lucie lui manque, exilée à Étretat où elle est désormais toute seule pour tenir sa petite épicerie.

Un dimanche, profitant de la sieste des enfants, Victorine décide de trier quelques papiers. Elle tombe sur un cliché en noir et blanc, pris en 1936 à Étretat, sur la digue. Peut-être le seul d'elle à cet âge-là : une jeune fille au regard intrépide, pas encore tout à fait une femme. Elle se voit, seize ans et front serein, entourée d'une autre jeune fille, une amie d'école perdue de vue, et de son ancienne institutrice qui sourit, chaperon bienveillant ; cette institutrice qui avait essayé, sans succès, de persuader ses parents de la laisser poursuivre ses études. Les deux jeunes filles sourient, conquérantes et coquettes dans leurs habits du dimanche, jupes de tweed mi-longues, collerettes sur les épaules, bas clairs et fins souliers à bride. Elle, brune, son amie, blonde. Minces et élancées. Leurs joues encore rondes de l'adolescence contrastent avec leur regard sérieux.

En arrière-plan, Victorine reconnaît le superbe bâtiment à colombages abritant l'ancien hôtel des Roches Blanches qui bordait la plage et qui n'existe plus. Elle regarde un peu plus attentivement la jeune fille de la photo, dont l'existence n'a pas encore été bouleversée par la guerre, dont la vie ne sera plus jamais aussi prometteuse, douce et tranquille que sur ce cliché de 1936. Une jeune amoureuse, des rêves plein la tête ; des rêves qui ne se sont jamais réalisés.

Les pleurs d'Élise la tirent de sa rêverie. La sieste est finie. Vite, elle range la photo et le souvenir brûlant tout au fond de la boîte.

Victorine a parfois l'impression d'être quelqu'un d'autre quand elle repense aux années de guerre ; ces années durant lesquelles elle n'a jamais tremblé lorsqu'il lui a fallu défendre sa famille et ses biens. Elle rit parfois toute seule, en se revoyant tenir tête aux soldats de la Wehrmacht, sourcils froncés, poings sur les hanches, elle, si jeune, vingt ans à peine ! Et pourtant, elle n'avait pas peur.

Son père n'est plus là pour la protéger, mais face aux difficultés et aux dangers de la vie, Victorine saura toujours trouver en elle les ressources, elle le sait.

Alors oui, elle est épuisée, elle se sent vieillie, l'existence est parfois compliquée, mais tout cela n'est pas grave. Vraiment pas grave.

***

Paris - Juin 1989

Depuis que j'ai lu la lettre d'Armand, je suis tiraillée. Ma grand-mère ne m'a pas dit clairement qu'elle aimerait avoir de ses nouvelles. Non, ces mots, elle ne les a pas prononcés, mais n'est-ce pas évident ? Après avoir lu la lettre, elle a dit : « Ça me fait quelque chose... » et moi, j'ai entendu : « Je ressens toujours de l'amour pour lui ».

Oui, j'en suis certaine, elle serait heureuse de le revoir. Quel mal y aurait-il à cela ?

Car Armand d'Anglas est toujours en vie.

Je l'ai retrouvé avec une facilité déconcertante en tapant son nom dans le Minitel. Mon esprit s'est enflammé en imaginant une romance tardive qui offrirait à ma grand-mère une deuxième jeunesse.

Je me suis rendue à son adresse, le 12 avenue de l'Observatoire : un immeuble bourgeois au coin de la rue d'Assas, d'où l'on peut admirer une des belles fontaines du jardin du Luxembourg, la fontaine des Quatre-Parties-du-Monde.

J'ai sonné à la porte. Je n'ai pas attendu longtemps. Un homme distingué m'a ouvert :

— Bonjour Mademoiselle, vous désirez ?

— Heu, bonjour Monsieur... Je cherche Monsieur Armand d'Anglas.

— C'est moi. Que puis-je faire pour vous ?

J'ai cru que j'allais m'évanouir. J'ai rougi, me suis tenue au mur, un peu chancelante, et j'ai bégayé :

— Je...voilà, heu, en fait, je...

Je devais avoir l'air parfaitement idiote. Il m'a demandé

d'un air bienveillant :

— Voulez-vous un peu d'eau ?

— Oui, s'il vous plait.

À vrai dire, je n'avais pas du tout envisagé ce cas de figure. Stupidement, je pensais qu'il était mort. Pendant qu'il allait me chercher un verre d'eau, je me suis livrée à un rapide calcul. Ma grand-mère m'avait dit qu'ils avaient le même âge. Il n'avait donc pas plus de soixante-et-onze ans.

Ainsi, il était vivant. En pleine forme, même, semblait-il. Des cheveux plus poivre que sel, des yeux rieurs, un beau visage avec quelque chose de Jeff Bridges. Grand, une allure sportive. Séduisant.

Il est revenu, un verre à la main.

— Vous sentez-vous mieux, mademoiselle ?

— Oui, merci.

J'ai bu à petites gorgées, le temps de retrouver mes esprits.

— Voilà, je suis venue vous parler de ma grand-mère, Victorine Achard.

Il s'est figé un instant, m'a dévisagée avec une intensité soudaine dans le regard et m'a priée d'entrer.

Dans le grand salon aux murs ornés de superbes miroirs vénitiens trônait un piano à queue noir. Un canapé et des fauteuils contemporains donnaient une touche avant-gardiste à la décoration plutôt classique de la pièce. Armand d'Anglas, - oh mon dieu, je devais me pincer pour y croire ! - Armand d'Anglas donc, m'a invitée à m'assoir dans un des deux larges fauteuils de cuir fauve aux montants d'acier tubulaires.

Pendant une heure, nous avons bavardé, ou plutôt, je l'ai mitraillé de questions. Il m'a raconté ses débuts : pilote d'avion pendant la guerre, il était la plus jeune recrue de l'armée de l'air et les combats l'avaient à ce point traumatisé qu'une fois la paix revenue, il avait abandonné la carrière militaire et entrepris des études de médecine. Il avait alors opté pour le métier de chirurgien, comme son père, pour « soigner et réparer les corps » après les drames de la guerre. Il avait rencontré sa femme à l'hôpital : Hélène, une de ses patientes. Ils avaient eu trois enfants. Hélène était décédée d'une longue maladie cinq ans auparavant. Depuis, il vivait seul. Un de ses fils habitait le quartier, et il était heureux d'emmener ses deux petits-enfants se promener au jardin du Luxembourg les mercredis après-midi. Il était toujours actif à l'hôpital, donnait des cours et des conférences sur sa spécialité : la gastro-entérologie.

– Assez parlé de moi. Parlez-moi plutôt de Victorine. Vous savez, je ne l'ai jamais oubliée.

J'ai saisi la balle au bond et lui ai relaté ma récente découverte de sa lettre de demande en mariage.

Il a souri, est resté silencieux quelques secondes ; je lui faisais faire un drôle de saut dans le passé !

Puis, manifestement heureux d'évoquer ma grand-mère, il m'a demandé :

– Que deviennent ses deux filles, Albertine et Charlette ?

Je me suis étonnée qu'il connaisse les prénoms de ma tante et de ma mère. Il a eu un sourire un peu triste et m'a répondu :

– Sa lettre de réponse à ma demande en mariage ne m'avait laissé aucun espoir, mais je ne cessais de penser à elle. Je dois vous avouer que je n'avais pu résister à l'envie de la revoir. Après la guerre, je me suis donc rendu aux Loges, j'ai facilement trouvé son commerce. Oh, je n'aurais pas voulu qu'elle me voie… Cela l'aurait certainement beaucoup gênée. Je l'ai aperçue à travers la vitre, avec ses deux fillettes. Un client a laissé la porte entrouverte, et je l'ai entendue les appeler. Les deux petites ont levé haut leurs menottes pleines de tâches d'encre, Victorine a éclaté de rire et leur a demandé de bien se laver les mains avant de venir manger.

— Et vous n'avez pas été tenté de lui parler, alors ?

— Son mari est entré quelques minutes plus tard, j'ai vu le regard qu'il a eu pour elle et j'ai pensé : cet homme-là l'aime, il la rendra heureuse. J'étais encore célibataire, mais j'ai compris ce jour-là qu'il n'y avait aucun retour possible.

— Elle est veuve à présent. Mon grand-père est décédé il y a quelques mois.

Un silence ambigu a empli l'espace. Ce genre de moment gênant… Je ne savais comment enchaîner.

— Je suis désolé pour votre grand-mère, a-t-il fini par murmurer. J'espère qu'elle a eu une belle vie.

— Oui, je crois. J'en suis même sûre ! Ils ont eu cinq enfants, et de nombreux petits-enfants. C'est une grand-mère extraordinaire. Je l'ai toujours vue très gaie, je ne l'imagine pas malheureuse.

— C'est une des choses que j'aimais chez elle. Sa force de caractère. Elle a beaucoup compté pour moi, vous savez !

— Vous aussi, vous avez compté pour elle. Je crois qu'au fond, elle ne vous a jamais oublié. Vous étiez l'homme parfait et idéal, puisqu'absent.

Nous avons ri, et ma gêne s'est envolée, laissant place à un sentiment d'intimité plus confortable. Je me suis enhardie et j'ai ajouté :

— Je me demandais… Dans votre lettre, vous expliquiez que vous lui aviez écrit à plusieurs reprises. Comment se fait-il qu'elle n'ait jamais reçu ces lettres ?

— Je ne sais pas. Elles m'ont toutes été retournées des années plus tard, regroupées en un seul paquet. Elles avaient été ouvertes. Je n'ai jamais su par qui. Quoiqu'il en soit, les regrets ne donnent jamais rien de bon, n'est-ce pas ? Nous avons eu tous deux, chacun de notre côté, des enfants et des petits-enfants magnifiques. Je suis heureux pour elle. Je n'aurais pas supporté qu'elle soit malheureuse.

Sur son visage, un sourire est passé, entre douleur et douceur. À sa façon de tapoter ses genoux, j'ai compris qu'il n'en dirait pas plus et qu'il était temps pour moi de partir.

Avant de prendre congé, j'ai balayé d'un coup d'oeil la vaste pièce. Mon regard s'est arrêté sur une revue d'art posée sur la table basse avec en couverture un portrait de l'architecte Charlotte Perriand. En chemise blanche, un collier de grosses perles d'acier autour du cou, les cheveux courts plaqués à la garçonne, la jeune architecte, air mutin, adressait au photographe un sourire rayonnant. Sur une autre photo en incrustation, on la découvrait de trois-quart dos, étendue sur sa célèbre chaise longue LC4, silhouette gracieuse, avec toujours son étonnant collier de perles argentées au cou.

Le fauteuil dans lequel j'étais assise était-il une de ses créations ? J'ai posé la question à mon hôte, intriguée.

— Oui, en effet. Charlotte était une amie de mes parents, je l'ai rencontrée à Paris, avant la guerre. Nous la croisions souvent sur les plages de la Côte d'Albâtre, dans les environs d'Étretat où mes parents avaient une villa ; elle y venait parfois avec Fernand Léger, son grand ami. Ils ramassaient sur les plages des morceaux de bois flotté, des filets de pêche déchirés, des galets aux formes étranges… Tout un tas de choses qu'ils utilisaient ensuite pour leurs travaux.

J'ai jeté un dernier coup d'oeil aux photos posées sur le piano. Sur l'une d'elles, une jolie femme blonde aux yeux tristes, très menue, enlaçait amoureusement Armand. Sur une autre, des enfants rieurs jouaient avec des galets sur la plage.

Sur une troisième, avec en arrière-plan les falaises d'Étretat, deux jeunes femmes marchaient en se tenant le bras. L'une d'elles ressemblait à s'y méprendre à Victorine.

***

Étretat - Septembre 1953

La nouvelle école d'Albertine et Charlette est située à une dizaine de kilomètres des Loges, à Goderville. Victorine n'a eu d'autre choix que de les inscrire en pension. Elle aimerait que ses filles rentrent à la maison le mercredi mais Émile n'a pas le temps d'aller les chercher. Dans la maison vide, Victorine tourne en rond... Mes petites, pourvu qu'elles se plaisent dans cette pension, qu'elles mangent à leur faim, qu'elles soient bien traitées ! Mes chéries, si loin de moi...

Un soir, après un repas silencieux, elle éclate en sanglots. Depuis que les filles sont parties, elle pleure souvent, mais en cachette d'Émile. Cela l'énerverait. Mais ce soir-là, elle n'a pu contenir son chagrin. Émile s'est levé sans rien dire. Il s'est approché d'elle, la prise dans ses bras et lui a frotté le dos doucement, un sourire soucieux aux lèvres.

Un dimanche soir, après avoir raccompagné Albertine et Charlette à la pension, il déclare :

— Ce serait bien que tu passes ton permis de conduire.

Victorine ouvre de grands yeux :

— Mon permis ? Ah oui, j'aimerais bien, c'est sûr ! Mais ça va coûter cher... Crois-tu que nous puissions nous le permettre ?

— Je pourrais commencer à t'apprendre avec la deux-chevaux, ce serait toujours ça d'économisé.

Cette voiture, Émile l'utilise pour transporter son matériel de peinture au domicile de ses clients. C'est une deux-chevaux camionnette à l'arrière de laquelle il a percé de petites fenêtres pour que les filles puissent voir le paysage lors des balades dominicales. Il lui donne donc sa première leçon de conduite, sous les yeux ébahis des voisins : elle est la seule femme qui conduise dans les environs ! Elle se tient très droite derrière le volant. Lui, sur le siège passager, s'efforce de paraître détendu.

Au début, Victorine cale, confond sa droite et sa gauche, frôle dangereusement les bas-côtés, fonce ou va trop lentement. Émile reste imperturbable et l'encourage. Au fil des leçons, Victorine est de plus en plus assurée et après quelques semaines, elle sait conduire.

Trois mois plus tard, elle se sent prête. Elle prend trois leçons avec un moniteur d'auto-école puis s'inscrit à l'examen. Le jour venu, Victorine a le trac, plus encore peut-être que lors de la première de Violetta. Émile ne dit rien, mais sa façon de se frotter les bras trahit sa nervosité. Enfin installée dans la voiture à côté de l'examinateur, Victorine veille à rester concentrée sur la route et son appréhension ne tarde pas à disparaitre. L'inspecteur lui ordonne de tourner à droite. Le clignotant à flèche ne fonctionnant pas de ce côté-là, elle lui demande de baisser la vitre et de tendre son bras. Il s'exécute en riant :

— On ne me l'avait jamais faite, celle-là !

Victorine rentre chez elle munie de l'attestation qui valide son examen. Albertine et Charlette accueillent la nouvelle avec des cris de joie. Émile sourit, le teint empourpré par l'émotion. En rangeant le précieux sésame, Victorine songe : Mon dieu… J'ai mon permis de conduire ! Papa, tu serais fier de moi.

À compter de ce jour, elle acquiert une autonomie nouvelle, et peut notamment rendre visite à sa mère le dimanche à Étretat. Seul regret, elle ne peut aller chercher ses filles le mercredi comme elle en aurait rêvé car Émile a besoin de la voiture pour aller travailler. Mais elle sait que cela ne durera pas toute la vie ; l'expérience lui a appris que toute épreuve se surmonte.

Au volant de la deux-chevaux, elle s'imagine dans un bolide et retrouve, euphorique, les sensations grisantes des virées à vélo de sa jeunesse, cheveux au vent, libre.

Un soir de printemps, une fois les filles couchées, Émile l'a entraînée dans le jardin. Le ciel était dégagé, lumineux. Des odeurs voluptueuses de seringa flottaient dans l'air. Il a passé son bras autour de ses épaules.

— Notre étoile... Je la contemplais chaque soir, pendant que j'étais loin de vous, là-bas. C'est ce qui me donnait de l'espoir. J'ai l'impression que c'était hier.

— Le temps a passé si vite, a murmuré Victorine en se blottissant contre lui.

***

Émile compte de plus en plus de clients à Étretat. Son affaire de peintre en bâtiment prospère. Son premier gros chantier de rénovation, dans la belle villa d'un couple de riches Parisiens, a été apprécié. Le propriétaire - un chirurgien, a dit Émile - l'a recommandé à ses voisins. Cette première commande en a entraîné beaucoup d'autres.

Leur situation financière s'améliore, et Victorine a envie de changer de vie. Elle s'épuise au commerce où elle travaille six jours sur sept. Elle rêve de souffler un peu, d'avoir plus de temps pour s'occuper des enfants. Émile, lui, désire plus que tout être « libéré » du café.

Ils décident de s'installer à Étretat. Victorine est heureuse à l'idée de se rapprocher de Lucie et de s'installer au bord de la mer, dans cette si jolie ville, chic et opulente, célébrée par les peintres. C'est un rêve qu'elle n'aurait jamais imaginé réaliser.

Elle se met en quête d'une maison, en visite plusieurs. L'une d'elles, située rue Isabey, une rue calme proche des commerces du centre-ville, la séduit. Elle a pourtant un léger parfum de scandale, d'où son prix abordable ; c'est un ancien lupanar, une « maison de tolérance » où pendant l'occupation, les Allemands se distrayaient en compagnie de jeunes femmes étrangères. Victorine s'en moque et même, cela l'amuse. En l'apprenant, elle a eu une pensée pour son ancienne voisine, Nini Maubert, qui tenait un hôtel de passe à Fécamp. Un drôle de clin d'oeil du destin... Victorine pense souvent à cette femme généreuse. Elle a quitté les Loges à la fin de la guerre et on n'a plus jamais entendu parler d'elle.

Lorsqu'elle a visité la grande et belle bâtisse pour la première fois, Victorine a tout aimé : le rez-de-chaussée très spacieux, avec sa grande cuisine et son arrière-cour pratique pour étendre le linge, la vaste salle de séjour donnant sur une jolie courette de briques rouges bordée d'une balustrade blanche. Au premier et au deuxième étage, les chambres et les salles de bain. Au sous-sol, accessible par une rampe inclinée à trente degrés, une cave où Émile pourrait bricoler.

Elle s'y voyait déjà... Dans la cour je mettrai des jardinières avec des bégonias, des géraniums, et aussi des fuchsias. Des WC à chaque étage ! Et le chauffage central... Quel luxe ! Quand je repense à cet hiver 1940, aux Loges, ce que nous avions eu froid ! Mon dieu, c'est un palais, cette maison !

Le dernier matin, aux Loges, elle a refermé la porte de son café avec une joie teintée de nostalgie. En quittant ces lieux, elle disait aussi adieu à sa jeunesse, à sa vie auprès de son père adoré.

Dans sa grande maison de la rue Isabey, Victorine s'occupe dorénavant de la gestion de l'entreprise d'Émile. Après toutes ces années aux commandes de son commerce, cela ne lui pose aucune difficulté. Elle a installé son bureau dans la salle de séjour, rangé ses dossiers dans de vastes placards. Les premiers jours, elle met de l'ordre dans les factures et les devis tout en se réjouissant de sa nouvelle vie.

Je vais pouvoir emmener les enfants à la plage, tous les jours, si j'en ai envie ! Oh oui, nous allons nous plaire ici !

Élise a deux ans lorsqu'un quatrième enfant voit le jour. Émile reste de marbre en apprenant que c'est encore une fille, lui qui rêve d'avoir un garçon même s'il ne l'avouerait jamais. La petite soeur se nomme Bérénice. C'est une jolie petite brune au nez retroussé et au caractère affirmé, au regard vert émeraude quand toutes ses sœurs ont les yeux du même bleu très clair que leur père.

Ce bébé est suivi trois ans plus tard par un petit frère. Enfin, les prières d'Émile sont exaucées ! Ce « p'tit gars », Julien, est un beau bambin blond aux yeux du bleu myosotis paternel, lui aussi.

Victorine a cinq enfants, sa maison à tenir, l'entreprise familiale à gérer. Sans que cela soit dit de manière explicite, les rôles se sont répartis de la manière suivante entre elle et Émile : à elle l'éducation des enfants, le suivi de leur scolarité, leur santé, le « bon fonctionnement du ménage ». À lui la responsabilité d'assurer la subsistance de la famille et les tracas constants d'un artisan à son compte ; il lui faut en peindre des murs, et en enduire des plafonds, pour faire vivre sept personnes et rembourser l'emprunt de la maison !

S'il est satisfait d'être son propre patron, Émile est toujours soucieux, tendu. Exténué. Lorsqu'il arrive le soir, après sa dure journée, les enfants ont intérêt à filer doux. Au moment du coucher, il passe dans leur chambre pour les embrasser et échange avec eux quelques mots rapides. Il leur donne une pastille de menthe, sa façon à lui de leur dire qu'il les aime.

Le dimanche, Émile se rase de près, il se parfume, porte ses vêtements de ville soigneusement repassés par Victorine, et se repose. Il ne hausse jamais la voix, à l'exception d'une fois : Élise, d'ordinaire si sage, si polie, avait été légèrement insolente avec sa mère. Émile s'était mis dans une colère qui les avait saisis. Depuis, la maisonnée fait attention à ne pas le déranger, à ne pas le contrarier. Tout particulièrement le dimanche.

Au cours de l'année qui suit leur emménagement à Étretat, le père d'Émile décède, sans que personne n'en soit particulièrement affligé. C'était un homme dur et avare. Après son décès, Marthe s'installe à son tour à Étretat. Elle s'occupe des enfants, les emmène souvent à la plage et grande nouveauté, au cinéma. Victorine ne recherche pas sa compagnie, mais par gentillesse ou par convenance, ou les deux, l'invite à sa table tous les dimanches avec Lucie.

Albertine vient d'avoir dix-sept ans. Elle annonce son départ pour Paris où elle a trouvé un emploi, aux Galeries Lafayette. Victorine sait qu'elle ne peut la garder auprès d'elle plus longtemps ; Albertine est portée par une énergie exceptionnelle et elle a soif de découvrir le monde. Le jour du départ, Victorine ne peut retenir ses larmes. Tout lui revient à l'esprit : les nuits de guerre durant lesquelles elle puisait son réconfort auprès d'Albertine si petite ; le jour des retrouvailles avec Émile ; leur complicité mère-fille, qui n'a cessé de grandir au fil des ans... Toujours main dans la main. Albertine, son bébé, est devenue une femme et Victorine doit « faire avec ».

Un matin, elle entend des sanglots dans la chambre de Charlette et découvre sa fille dans son lit, les cheveux trempés de larmes.

– Qu'y a-t-il, ma chérie ?

– Albertine... Elle me manque !

– Elle va revenir, ne t'inquiète pas... Je suis là. Allez, ma chérie, ça va aller.

Victorine tente d'apaiser le chagrin sa fille mais Albertine lui manque terriblement à elle aussi. Heureusement, son aînée revient au moins une fois par mois à Étretat. Elle apporte toujours de petits cadeaux pour chacun. Lors des soirées de retrouvailles, c'est la fête ! Ces soirs-là, exceptionnellement, la famille dîne dans la salle à manger et pas dans la cuisine. La première fois qu'Émile s'est laissé aller à pousser la chansonnette : *J'ai la rate qui se dilate, j'ai le foie qu'est pas droit…* les enfants, d'abord stupéfaits, ont éclaté de rire et ont repris en coeur avec lui : *Ah mon dieu qu'c'est embêtant d'être toujours patraaa-que !*

Victorine savoure ces moments qui rompent la monotonie de leur quotidien, ces trop rares instants où son mari se détend, se montre moins sévère avec les petits. Le reste du temps, gare à qui oserait parler à table ! D'ailleurs, pendant la semaine, Victorine les fait dîner avant le retour de leur père. Car ce qu'il veut après sa journée de travail, c'est « avoir la paix ».

La vie est très calme rue Isabey. À l'exception des visites d'Albertine, Victorine et Émile ne « reçoivent » jamais. Ils n'ont pas le temps d'avoir des amis. Ils saluent leurs voisins lorsqu'ils les croisent sur la digue mais cela ne va pas plus loin.

C'est une vie simple, avec pour seuls loisirs les promenades dominicales dans la deux-chevaux camionnette. Ils ne peuvent pas se permettre de partir en vacances.

Les enfants grandissent ainsi, entre leur mère tendre, gaie et soucieuse, et leur père travailleur, pudique et taiseux. Ils grandissent sans rien savoir ou presque des tourments de la guerre, mais Victorine y pense parfois, elle, assise sur cette plage où elle observe ses enfants insouciants, qui jouent dans un monde en paix.

Elle aimerait oublier définitivement ces terribles années, oublier les événements et les personnes qui l'ont blessée, et elle y parvient peu à peu, par la magie de la vie qu'elle a donnée à ses cinq enfants. Les adolescents que ces cinq-là deviennent ne manquent de rien, non, même s'il n'y a pas de superflu, même s'ils entendent souvent leur mère parler de « sacrifices ».

***

Paris - Novembre 1960. Charlette

Albertine qui fume... Si leur mère voyait ça ! Charlette observe sa façon de tenir sa cigarette : calée entre l'index et le majeur, comme Jean Seberg dans « À bout de souffle ».

Quelle veinarde, cette Jean Seberg... Et Jean-Paul Belmondo, il est tellement séduisant !

Albertine lui ressemble un peu, à l'actrice américaine : même air faussement ingénu, même coiffure. Mais les yeux de sa soeur rient, contrairement à ceux de l'actrice.

Soudain, Albertine se penche à la fenêtre. Qu'est-ce qu'elle regarde comme ça ? Encore ce beau garçon... Il habite dans l'immeuble d'en face, au même niveau qu'elles, et leur sourit chaque fois qu'ils se croisent. Oh ! Il fait signe à Albertine de descendre. Il est drôlement mignon. Elle devrait accepter, ça dure depuis des semaines, leur manège. Elle, en tout cas, elle irait, à la place de sa soeur.

Trois mois auparavant, Charlette s'est installée chez Albertine qui l'a recommandée pour qu'elle soit engagée aux Galeries Lafayette.

Enfin loin de cette horrible pension de Goderville ! Une vraie prison... Quatre années de chagrin, de privations, de brimades. Et l'année suivante passée à travailler dans l'épicerie de la tante Louise, au Havre, c'était pas de la tarte non plus. Alors, après tout ça, vivre à Paris avec Albertine, travailler dans un grand magasin aussi prestigieux, c'est le rêve.

Lorsqu'elle a annoncé à ses parents son intention de partir pour Paris, Charlette a vu le visage de sa mère s'affaisser. Mais du travail, il y en avait plus à Paris qu'à

Étretat, ils le savaient bien, ses parents.

Charlette a promis de revenir souvent, de téléphoner tous les dimanches.

Et avec Albertine auprès d'elle, sa mère n'avait pas à s'inquiéter ; elle la protègerait. Comme elle l'avait toujours fait. Charlette avait dix-huit ans, l'âge de quitter la maison. Sa mère se mariait bien, à cet âge-là !

Le jour du départ, elle est montée dans l'autocar, sa petite valise à la main, le coeur battant. Malgré son excitation, elle était triste de quitter sa mère, ses petites sœurs et son frère qui n'avaient huit, six et trois ans. Elle les a serrés fort dans ses bras. Eux, au moins, échapperaient à la pension : contrairement aux Loges, Étretat était pourvue d'un collège.

Au 131 boulevard Raspail, Charlette se prépare pour sa première journée de travail. La veille, Albertine lui a raconté, surexcitée, qu'elle avait eu comme clients Jean-Paul Belmondo et Ursula Andress ; que l'acteur était sympa, qu'il l'avait regardée droit dans les yeux et lui avait adressé son fameux sourire charmeur, comme dans ses films ; que sa compagne, par contre, était une vraie bêcheuse, planquée derrière ses lunettes noires.

Paris est incroyable ! Que c'est beau, les vitrines illuminées, les boutiques luxueuses, les terrasses des cafés, les grands boulevards. Quelle animation ! Et les cinémas, qui jettent mille feux et étalent sur d'immenses affiches les visages irrésistiblement séduisants de Romy, Marilyn, Anita, Marcello, Marlon… C'est autre chose qu'aux Loges.

Albertine l'a emmenée visiter les plus beaux endroits de la capitale : les Champs-Élysées, la butte Montmartre à la vue époustouflante sur les toits de Paris. La cathédrale Notre-Dame, les ponts tout au long de la Seine, tellement romantiques. Le jardin du Luxembourg, avec au loin, la tour Eiffel, c'est peut-être ce que Charlette a préféré : les promeneurs chics, le grand bassin avec ses petits bateaux de bois et les enfants qui les font avancer du bout de leur baguette, aussi élégants que leurs grands-parents.

Les Galeries Lafayette, c'est déjà fini. Charlette a été remerciée pour une simple erreur de caisse. Même le bagout d'Albertine n'a pu arranger les choses. Sa déception passée, Charlette se met en quête d'un nouvel emploi. Au Havre, elle avait profité du temps libre octroyé par sa tante pour prendre des cours de « gestion, commerce et secrétariat » chez Pigier. Elle avait travaillé dur et obtenu son diplôme de sténo-dactylo.

Assise à une terrasse de café, Charlette consulte les petites annonces de *France-Soir*. Armée d'un stylo, elle entoure celles qui lui semblent convenir. Il n'y a que l'embarras du choix : des offres, il y en a des centaines chaque semaine dans les pages « Emploi ». Dès son premier entretien, elle est engagée à la Banque la Hénin, tout près de l'église de la Madeleine.

Chaque jour, elle prend sa pause de midi en compagnie de ses nouvelles collègues dans une des grandes brasseries de la place de la Madeleine. Elle y a déjà croisé à plusieurs reprises un grand jeune homme brun, très mince. Elle a échangé avec lui quelques regards timides. La dernière fois, il lui a souri. Il est drôlement beau ! Presque autant qu'Alain Delon dans le film « La piscine » qu'elle vient de voir avec Albertine au Gaumont-Richelieu.

Ce midi-là, le jeune homme règle son addition puis au lieu de suivre ses collègues vers la sortie, s'approche de Charlette.

— Bonjour, vous travaillez dans le coin ?

— Oui, à la banque, juste à côté. Et vous ?

— Moi, je travaille à la Poste. Je taille des crayons.

Il éclate de rire. Décidément, il a un charme fou avec ses fossettes, ses yeux gris-bleus, ses beaux cheveux bruns bouclés.

Il ajoute :

— Je plaisante... Je travaille effectivement aux PTT, mais je suis électricien.

Elle sourit :

— Je m'appelle Charlette. Et vous ?

Il lui tend la main :

— Enchanté, Charlette. Alain.

Alain, comme Alain Delon...

Un soir, peu de temps après leur rencontre, Albertine et sa joyeuse bande de copains entraînent Charlette et Alain aux Trois Mailletz, une cave de St Germain-des-Prés où l'on écoute du jazz toute la nuit dans une ambiance enfumée. Charlette danse le be-bop, choucroute à la Bardot sur la tête, jupe virevoltante, escarpins à petits talons et bouts pointus. Dans la nuit bleue de la cave, Alain la regarde et tombe définitivement amoureux.

Chaque dimanche soir, comme promis, Charlette téléphone à sa mère.

— Maman, si tu savais, la vie à Paris, c'est... C'est merveilleux !

Elle lui raconte avec enthousiasme la liberté, les cafés, les cinémas. Silence au bout du fil.

— Maman, tu es toujours là ?

— Oui... Oui, oui, ma chérie, je t'écoute ! Tu fais bien attention à toi, hein ?

Sa mère a une drôle de voix.

— Oui maman, ne t'inquiète pas, je suis toujours avec Albertine, et de toute façon depuis que je travaille à la banque, je suis tellement fatiguée que je ne sors presque plus.

Charlette termine joyeusement son récit :

— Nous viendrons à la maison avec Albertine le week-end prochain. Nous apporterons des cadeaux aux petits.

— Ils vont être contents ! Et ton père aussi. Ça va lui faire un bien fou. Il est ronchon, en ce moment. Débordé de travail, comme d'habitude...

— Embrasse-le pour nous, maman.

Albertine et le beau jeune homme d'en face, Mouss, ne se quittent plus. Mouss est Tunisien et suit des études d'ingénieur à Paris. Albertine s'installe chez lui. Alain emménage chez Charlette. Évidemment, leurs parents ne savent rien de tout cela, ils jugeraient que ce n'est pas « convenable ». S'ils découvraient la vérité, quel scandale ! Charlette pense à une cousine qui s'est mariée l'année précédente alors qu'elle était déjà enceinte. Elle ne pouvait le cacher car elle arborait déjà un ventre rondelet. Le jour du mariage, le dos de sa robe avait de petites taches et les gens du bourg avaient chuchoté derrière son dos, affirmant que c'était la marque de son déshonneur, qu'elle insultait l'église. Ils l'avaient en quelque sorte... diabolisée ! Ensuite, la pauvre avait été l'objet de vexations épouvantables et n'osait plus sortir de chez elle. Charlette frémit. Albertine, elle, pourrait affronter ce genre de chose avec son caractère.

Six mois après leur rencontre, elles décident d'officialiser leur relation. Un beau week-end de mai, ils se rendent tous les quatre à Étretat dans la deux-chevaux couleur caramel qu'Alain a achetée à crédit et qu'il pilote comme un bolide.

Pourvu que son amoureux plaise à sa famille !

À leur arrivée, Bérénice, Élise et Julien se pendent au cou de leurs soeurs. Victorine souriante, essuie ses mains sur son tablier :

— Allons, calmez-vous ! Laissez-les entrer...

Comme ils ont l'air timide soudain, les enfants, et comme ils dévisagent Alain et Mouss ! Pendant le déjeuner, Émile se montre réservé comme toujours mais Victorine est joviale pour deux. Après quelques verres, il se détend et l'ambiance devient franchement joyeuse. Elle leur sert sa fameuse langue de boeuf sauce piquante et sa tarte tatin à la crème.

Au dessert, Émile chante. Victorine, sourire aux lèvres, rayonne.

***

Marseille - Septembre 1989

Un dimanche de vacances, Bérénice me propose de m'emmener faire un tour aux Goudes, un ravissant petit port de pêche au sud de Marseille.

— Tu verras, l'eau est turquoise là-bas, c'est magnifique, avec les rochers, les cabanons. Et il y a beaucoup moins de monde que sur les plages du Prado, m'assure ma tante en mettant le contact.

Finalement, je connais mal Marseille, malgré toutes ces années passées à moins de trente kilomètres, sur ma colline loin de tout, perchée entre Aix-en-Provence et Marseille, où le mistral règne en maître : une terre à la beauté rocailleuse, semée d'herbes folles, de broussailles, de thym et de lavande, parfumée d'odeurs chaudes de genêts et de pins.

Nous nous arrêtons en chemin pour boire un verre au Vallon des Auffes, un petit port caché dans une crique sous la corniche Kennedy, près du quartier d'Endoume. L'endroit est adorable, avec ses barques fraîchement repeintes de vert et de bleu, ses façades ocres, et ses deux restaurants fameux, Fonfon et Jeannot, dont l'histoire se confond avec celle de Marseille.

Installées en terrasse chez Jeannot, lunettes de soleil sur le nez, nous savourons le moment, limonade à la main.

Ce qu'on remarque en premier chez Bérénice, ce sont ses magnifiques yeux verts, très clairs, du genre qui empêche de se concentrer sur autre chose. Avec ses cheveux platine au carré net, coiffés en arrière, son corps bronzé de pin-up californienne, sa bouche pulpeuse, elle attire les regards masculins. Je me sens comme une petite fille à côté d'elle, avec ma peau claire même en été, mes cheveux longs emmêlés et mes genoux cagneux : les mêmes que mon père. Lorsque j'aperçois mon reflet dans la vitrine d'un magasin, je me trouve toujours une allure de gamine sauvageonne.

Bérénice me parle de son métier de puéricultrice à l'hôpital Nord à Marseille : intense, stressant et passionnant. En général, nos sujets de conversation roulent vite sur le terrain de l'amour : notre sujet de prédilection. L'amour ! La grande affaire de la vie, non ? Bérénice est ma confidente. J'ai toujours pu lui poser sans gêne les questions les plus sérieuses comme les plus farfelues sur les garçons, la séduction, le sexe. Avec elle, pas de tabous. Je peux lui confier sans gêne mes aventures les moins glorieuses. Je sais qu'elle ne me jugera pas. Au pire, elle me traitera de petite folle ou de fleur bleue.

Mais aujourd'hui je lui parle de ma grand-mère. Je lui raconte ma visite du mois de mai dernier dans son nouvel appartement. Lorsque Émile est tombé malade, tout est allé très vite. Le cancer s'est déclaré et l'a emporté quelques mois plus tard. Le jour de son enterrement, nous étions tous accablés de chagrin. Victorine s'est montrée forte, comme d'habitude.

Un jour, elle m'avait dit : « Dans la vie, ma fille, il faut se débrouiller tout seul, ne dépendre de personne. On doit trouver en soi son équilibre, ne pas compter sur les autres pour être heureux. » Je n'avais pas oublié ces mots si sages.

– Elle semble s'y plaire, dans cet appartement. Je l'ai trouvée en forme.

– Elle est incroyable… On s'inquiétait tellement pour elle ! Quand papa est mort, on pensait qu'elle ne pourrait pas quitter la maison, mais on ne la voyait pas non plus y vivre sans lui. Elle s'est débrouillée toute seule pour chercher son appartement, organiser le déménagement.

Quel courage !

— Elle m'a dit que la maison était trop grande, que ça lui fichait le cafard. Je la comprends.

— Elle y était pourtant tellement attachée… Comme nous tous d'ailleurs. Elle a gardé ses meubles préférés et tous les tableaux peints par papa.

Je fais part à Bérénice de ma surprise lorsque j'avais découvert ces peintures lors de mon dernier voyage en Tunisie.

— Je les ai trouvés magnifiques. Albertine m'a beaucoup parlé de papi, de sa sensibilité d'artiste. Je me demande comment il était quand il était jeune.

— Il était plutôt renfermé. Il ne parlait pas beaucoup…

— Et avec mamie, ça se passait comment ?

— Tu sais, quand je suis née, maman avait déjà trente-cinq ans, lui sept de plus. Ils travaillaient beaucoup. À vrai dire, on n'avait pas beaucoup d'échanges.

Derrière l'écran noir de ses lunettes, Bérénice reste silencieuse un moment puis me dit :

— Maman n'a pas eu une jeunesse très marrante. Elle a été mère très jeune, puis il y a eu la guerre.

— C'est fou de se dire qu'elle a connu la guerre… Elle vous en parlait parfois ?

— Non, elle nous a juste raconté quelques anecdotes. Un jour, pendant l'Occupation, un type est entré dans son café, il s'est fait passer pour un ouvrier, lui a demandé de l'alcool alors que c'était un jour où elle n'avait pas le droit d'en servir.

— Et alors, qu'est-ce qu'elle a fait ?

— Elle s'est laissé attendrir et elle lui a servi un apéritif. En réalité, c'était un contrôleur des fraudes et il lui a collé une amende.

J'ouvre de grands yeux, imaginant la scène. Bérénice poursuit :

— Papa était au front, maman devait tout gérer toute seule. Elle est allée à Rouen pour essayer de faire sauter l'amende. Elle a pris le train, cachée dans un wagon de marchandises. Par chance, elle était assise sur des sacs de linge et pas de charbon. Elle rigolait en nous racontant cette partie de l'histoire. Mais c'était très dangereux, Rouen était occupée par les Allemands, elle avait peur d'être arrêtée. Finalement, elle a réussi à faire baisser l'amende de 300 à 150 francs. Tu sais, elle avait beaucoup de courage ! Elle n'avait peur de rien.

— Cela ne m'étonne pas d'elle.

— Elle nous avait raconté une autre anecdote : pendant cette terrible période sans papa, le curé du village venait de temps en temps au café. Un jour, il était venu boire son petit blanc et soudain, il s'était retrouvé entouré d'une tripotée de soldats allemands. Il avait montré maman du doigt et il avait dit : « Elle a peur. »

— Quel salaud !

— Maman ne s'est pas dégonflée, elle lui a répondu que c'était lui qui avait peur et elle l'a foutu dehors. Tu comprends pourquoi elle n'aimait pas parler de cette période… Papa non plus, il n'en parlait jamais, de la guerre, même quand on était plus grands.

Bérénice règle l'addition. Nous quittons notre coin de paradis, songeuses. Je me dis que mes vingt ans ne se déroulent pas exactement comme ceux de ma chère Victorine, que j'ai énormément de chance de vivre ma jeunesse dans un pays en paix, d'être libre et sans entraves.

Je songe aussi qu'elle n'a pas dû s'amuser beaucoup auprès de mon grand-père. Quelle sorte de ciment a pu souder leur couple pour qu'ils restent unis pendant tant d'années ? Plus mes tantes me parlent de mes grands-parents, plus le mystère qui entoure leur jeunesse s'épaissit.

La dernière fois que je suis allée rendre visite à ma grand-mère, je lui ai demandé de me montrer des photos d'elle jeune fille. L'une d'entre elles m'a captivée : Victorine regarde l'objectif, devant son café à l'enseigne joliment peinte. Ses boucles brunes coupées assez court, retenues en arrière, mettent en valeur son visage lumineux. Ses yeux sourient et deux perles brillent à ses oreilles. Je lui ai trouvé une allure folle dans sa robe blanche, toute simple pourtant : une robe à petites manches bouffantes, ornée d'une rangée de boutons de nacre à l'échancrure du corsage, resserrée à la taille par une fine ceinture noire.

Sur la photo, j'ai reconnu à ses côtés Charlette et Albertine, frimousses adorables, petites robes blanches et noeuds dans les cheveux. Elles devaient avoir deux et cinq ans ou à peine plus. Elles aussi souriaient au photographe. J'ai songé que la photo avait dû être prise juste après la guerre. Une photo du dimanche. J'ai plongé dans le regard de Victorine, j'y ai lu de la confiance, de la détermination, un air modeste et fort à la fois, une grâce sans rien de fragile. Je voyais une femme très jeune, moins de vingt-cinq ans, et pourtant, que d'assurance !

Oui, c'est ça que j'ai pensé : la beauté d'un chêne. Élancée mais solide, assurée et mature. J'ai aussi songé qu'elle devait plaire aux hommes et j'ai repensé à ma visite à Armand ; je ne savais toujours pas quoi faire de ma découverte.

Bérénice et moi remontons dans sa Coccinelle bleu électrique. Elle est bien silencieuse... Je crois même voir une larme couler derrière ses verres foncés. À la radio, Véronique Sanson affirme de sa voix douce et puissante que le temps est assassin. Nous l'écoutons en silence.

Nous serpentons le long de la corniche Kennedy, laissons derrière nous la Plage du Prophète et le Roucas Blanc. Les tons saturés de la mer bleu marine, le ciel strié d'or et d'argent, la rocaille blanche m'éblouissent. Marseille est si belle... Une beauté âpre, intense. Au loin, l'Ile du Château d'If émerge des flots à contre-jour, sous un soleil aveuglant ; une vue que mon grand-père aurait certainement aimé peindre.

Nous quittons le centre-ville et les grandes plages du Prado pour nous engager sur la route sinueuse qui mène aux Goudes. À cet endroit, la grande ville blanche devient village ocre, la route se fait étroite et sinueuse, longe la côte et dévoile un paysage sauvage de collines lunaires sur fond de mer étincelante : un paysage de bout du monde.

Aux Goudes, j'ai parlé de choses plus légères à Bérénice. Je lui ai raconté ma dernière mésaventure sentimentale, la semaine précédente, lors d'une soirée avec des copains dans la calanque de Figuerolles à la Ciotat. Une belle et chaude soirée, arrosée de Malibu-ananas autour d'un feu de camp dans les galets, sous un somptueux ciel étoilé. Je convoitais un joli garçon mince et doux, à la peau bronzée que j'imaginais chaude et sucrée. Mais le garçon, après avoir fumé quelques joints, s'était assoupi en moins d'une minute. Frustrée, j'avais fini par m'endormir seule dans mon duvet, à la belle étoile. Je m'étais réveillée aux premières lueurs du jour les joues, les cuisses et les bras constellés de piqûres de moustiques. Une chance finalement que je n'aie pas dormi les fesses à l'air. Comme prévu, mon histoire a fait rire Bérénice.

***

Étretat - Septembre 1977

Après leur départ de la maison, Albertine et Charlette sont revenues souvent rendre visite à leurs parents avec leurs fiancés. Lorsqu'elles ont annoncé qu'elles allaient se marier, Victorine s'est réjouie… Mes filles ont rencontré des garçons charmants, bien élevés, gentils, intelligents, elles ont un métier, sont en bonne santé. Qu'espérer de plus ?

Quelques années encore s'écoulent à un rythme effréné pour Victorine qui va toujours tête baissée, le pas rapide lorsqu'elle sort faire une course, toute à ses préoccupations. Pas le temps de flâner ! Elle fonce et ne remarque pas cet homme distingué qu'elle croise parfois et qui prend le temps de la regarder, lui. Elle ne s'en rend pas compte non plus mais ses trois petits derniers sont devenus des adultes.

Non, elle ne l'a pas vu venir mais un jour, la grande maison s'est bel et bien vidée.

Albertine part vivre en Tunisie avec son cher Mouss, Bérénice emménage à Marseille, suivant l'exemple de Charlette et Alain qui s'y sont installés. Deux ans plus tard, Julien ne résiste pas non plus à l'appel du sud et part dans le sillage de ses soeurs.

Pour Victorine, ce départ est une nouvelle blessure. Julien, son petit dernier, sa joie de vivre. Elle n'entendra plus le son de sa guitare, il ne s'assiéra plus sur ses genoux pour l'embrasser tendrement. Un nouveau chagrin à surmonter. Qui désormais pour égayer le nid familial qu'elle a patiemment garni de mille douceurs pendant toutes ces années ?

Par chance pour Victorine, Élise est tombée amoureuse

d'un garçon d'Étretat, Bastien. Elle au moins ne s'exilera pas ! Ils achètent une maison proche de la rue Isabey, à la grande joie de Victorine.

Victorine va bientôt avoir soixante ans, Lucie, quatre-vingts, et depuis quelques mois, sa santé décline. Un jour, il faut se rendre à l'évidence : Lucie ne peut plus tenir sa petite épicerie. Et bientôt, il n'est plus possible pour elle de vivre seule. Victorine et Émile l'installent chez eux, au deuxième étage de la grande maison familiale.

Marthe, jalouse, prend très mal la chose. Pourtant, elle se plaît dans sa maisonnette du centre-ville, située à cinq minutes à peine de celle de Victorine et Émile. Le dimanche qui suit l'installation de Lucie, elle interroge son fils :

– Et moi, alors ? Pourquoi je ne viendrais pas vivre avec vous ?

Victorine et Émile lui proposent donc de s'installer chez eux, au même étage que Lucie où une chambre est inoccupée.

Marthe emménage. Une semaine plus tard, Victorine, interloquée, la voit débouler dans l'escalier, son petit poste de radio sous un bras, son barda sous l'autre, en déclarant :

– On s'emmerde ici. Je rentre chez moi !

Et elle sort de son pas décidé. Victorine éclate de rire.

Marthe, à plus de quatre-vingt-cinq ans, conserve une énergie folle, ramasse des bigorneaux sur les rochers et fait ses courses elle-même. Julien a même la surprise, un jour où il se rend à Étretat en voiture, de la voir faire du stop au bord de la route.

Marthe réintègre donc sa maisonnette, qui donne sur une rue très passante, où elle occupe ses journées à espionner de sa fenêtre les uns et les autres : diablement plus passionnant que le deuxième étage bien trop calme de la maison de sa bru !

Le jour de ses quatre-vingt-dix ans, Marthe dîne avec la

famille au complet. Elle trône au bout de la table, entonne la Madelon de sa voix aigrelette : « *Quand Madelon vient nous servir à boire, sous la tonnelle on frôle son jupon, et chacun lui raconte une histoire, une histoire à sa façon...* »

Quand Marthe chante, il faut l'écouter jusqu'au bout. Elle a fait les gros yeux à Victorine qui discutait avec Élise et a repris avec entrain : « *La Madelon pour nous n'est pas sévère, quand on lui prend la taille ou le menton, elle rit, c'est tout le mal qu'elle sait faire, Madelon, Madelon, Madelon !* »

Au troisième « *Madelon* », elle a levé son verre, a hoqueté. Sa tête a plongé dans son assiette. Elle était morte.

***

Désormais, après avoir filé au rythme impérieux d'un torrent de montagne, les années s'écoulent sereinement pour Victorine et Émile. À la cadence d'une rivière paisible. Élise et Bastien ont deux garçons, Cédric et Nicolas. Ce sont eux à présent qui égaient le nid douillet de la rue Isabey. Émile leur apprend à bricoler dans son atelier, joue avec eux aux cartes ou aux dominos. Victorine leur invente de belles histoires, leur prépare des goûters de rois et les réconforte en cas de petit chagrin.

Un soir d'été, Émile, encore en bleu de travail, s'est installé sur une chaise longue dans la cour :

– Viens par ici, a-t-il intimé à sa femme.

Elle s'est approchée, il lui a pris la main, l'a attirée à lui. Elle s'est assise sur ses genoux. Il l'a embrassée dans le cou et a murmuré :

– Tu sens bon.

Elle a frissonné.

– Tu as froid ?

– Non, c'est ton baiser...

Il a caressé son bras, doucement. Victorine l'a enlacé.

– Mon Émile… Comme les années ont passé !

Ils sont restés ainsi un moment, silencieux, goûtant l'instant et la douceur de l'air, puis Émile a proposé :

– Si on allait faire un tour à la plage, après dîner ?

Elle a voulu l'embrasser sur la joue, il a tourné sa tête en même temps, leurs bouches se sont frôlées. Ils ont échangé un baiser tendre. Il l'a gardée encore un instant contre lui, elle a voulu se lever, il a resserré son étreinte, elle a ri en se débattant. Il l'a poussée gentiment.

– Allez, va nous faire à manger, femme !

Et il lui a tendu la main pour qu'elle l'aide à se lever.

Après le dîner, ils ont enfilé une veste. Ils se sont promenés sous le clair de lune, le long de la digue. Des joueurs sont sortis du casino en riant bruyamment. Des enfants couraient sur la plage en contrebas dans des crissements de galets. Au loin, un manège de chevaux de bois jetait des éclairs dans la nuit en diffusant des chansons d'été. *Bananana bananana, banana split, hou* !

Ils se sont arrêtés face à la mer, appuyés à la balustrade blanche, et ont admiré le reflet de la lune sur le miroir de l'eau. Ils sont restés ainsi un moment, savourant la douceur de l'instant. Elle a observé son mari à la dérobée. Sa couronne de cheveux avait blanchi, le temps avait agencé un réseau serré de rides sur son visage, mais il n'avait pas changé. C'était toujours le jeune homme timide de leur rencontre, aux lèvres fines, au grand front, aux yeux bleus limpides. Elle lui a trouvé un air de ressemblance avec Jean Gabin et a songé que l'âge lui allait bien.

Quelques nuages bleutés trouaient le gris sombre du ciel.

– C'est magnifique, a murmuré Victorine.

– Je viendrais bien ici avec mon matériel, demain. Je dessinerais la Manneporte et les périssoires qui passent en-dessous au soleil couchant, lorsque le ciel devient mauve.

Émile a posé sa main sur son cou :

— Tu viendras avec moi ? On pourrait casser la croûte sur la plage. Comme dans le temps, à Yport, tu te souviens ?

Si elle s'en souvenait ? Comment aurait-elle pu oublier cette balade à la mer avec son jeune mari épousé la veille, ses sentiments d'alors, mêlés d'espoir et de crainte ? Elle était si jeune, le connaissait si peu, se posait tant de questions sans oser s'avouer que la seule qui avait vraiment de l'importance, c'était : « Est-ce que je l'aimerai un jour, cet homme ? »

Les images ont défilé dans son esprit comme dans un film en accéléré : sa peine le jour où Émile est parti à la guerre. Sa joie celui de son retour. L'abri creusé dans les ténèbres pour les protéger des bombes, les filles et elle. Son visage bouleversé devant Charlette tout juste née, lumière dans une nuit d'effroi. La claque donnée à Marthe ! Sa peur de le perdre lorsque la Gestapo est venue le chercher. Et aussi leurs engueulades et leurs fous rires pendant les leçons de conduite, son air fier sur sa moto avec sa belle veste en cuir, son regard dans lequel elle a toujours lu de l'amour. Sa pudeur.

Tant d'années passées auprès de lui, un si long chemin parcouru ensemble ! Des nuits enlacés, et d'autres le dos tourné.

Une vie, notre vie, a-t-elle encore songé, avant de lui répondre, souriante :

— Bien sûr que je m'en souviens ! Comment pourrais-je oublier ce jour ? Oui, allons pique-niquer demain, comme à Yport. Je préparerai des tartines de pain beurré, du fromage et du jambon, on s'installera sur la digue, près des caloges, à l'abri du vent. Tu seras à ton aise pour peindre, la météo prévoit un grand soleil.

Les caloges, ces anciens bateaux de pêcheurs reconvertis en cabanes à frites, reconnaissables à leur toit de chaume,

Émile s'en était inspiré plus d'une fois pour fabriquer de jolis jouets de bois destinés à Cédric et Nicolas.

Après encore quelques autres années de travail est venu le temps de la retraite pour eux deux : dix années paisibles ponctuées de voyages en Tunisie ou dans le sud de la France pour aller rendre visite à leurs enfants.

Émile s'est épanoui comme une fleur tardive, grand-père affectueux, beaucoup plus indulgent, souriant et patient avec ses petits-enfants qu'il ne l'avait été avec ses propres enfants. Il a ouvert ses bras et son coeur. Il a fendu l'armure.

De la guerre, il n'a jamais reparlé, si ce n'est quelques mots avec Bastien, son gendre, autour d'un pastis, à quelques reprises : « C'était un vrai merdier. En 40, dans les Ardennes, lors de l'offensive allemande, la débandade, le repli en catastrophe des troupes, l'exode avec les milliers de civils devant les blindés, les bombardements des Stukas. L'enfer ! La baston pendant dix jours dans la Loire. Oui, c'était l'enfer. C'était moche, ça ne sert à rien d'en parler… »

Ça ne servait peut-être à rien, mais il était enfin parvenu à les prononcer, ces mots si longtemps retenus.

***

Marseille - Aout 1998

Cette année, j'ai couvert le mouvement des chômeurs en colère, les débats sur les 35 heures, les manifestations contre la montée du Front National. J'ai suivi les péripéties de la cohabitation entre Jacques Chirac et son premier ministre Lionel Jospin, la guerre des clans droite-gauche, sur fond « d'affaires » remontant à l'époque où Chirac était encore maire de Paris.

J'ai suivi la foule en délire sur les Champs-Elysées le 12 juillet pour célébrer la victoire de la France contre le Brésil, en chantant « I Will Survive » et en scandant « Et un, et deux, et trois zéro ! » J'ai acclamé Zidane, le dieu vivant au doublé magique. À la première de Titanic, j'ai tendu mon micro à des jeunes filles qui se tordaient les mains de douleur en se lamentant : « Mais pourquoi Jack n'est-il pas monté sur cette foutue planche ? Ils auraient pu y tenir tous les deux, Rose et lui, c'est sûr ! »

Bref, je vais apprécier d'aller me reposer quelques jours chez mes parents, sur ma belle colline venteuse au pied du massif de l'Étoile.

Je me réjouis ; mon père va nous mitonner de bons petits plats, ma mère va se prélasser avec moi au bord de la piscine à l'ombre des grands pins. Et surtout, Victorine va bientôt arriver ; depuis le décès de mon grand-père, elle prend chaque année ses quartiers d'été chez mes parents.

Le dimanche qui suit mon arrivée, Bérénice arrive pour le déjeuner, les bras chargés de fruits et de petits gâteaux.

— Alors Giny, tu es venue te faire chouchouter un peu ? me lance-t-elle affectueusement.

– Oui, j'en ai bien besoin. L'année a été riche, mais fatigante ! À Paris, les gens sont survoltés depuis la Coupe du monde.

Mon père refait le match et s'extasie :

– Ah, les buts de Zizou… Quel génie ! Un joueur comme ça, il y en a un par siècle ! Et Emmanuel Petit, tu as vu ça, comme il les a tous mis dans le vent… C'est pas croyable. Et Chirac, tu l'as vu Chirac, comme il était content ?

– Oui, Papa, j'y étais, je te rappelle.

– Petite veinarde !

– Tu ne t'es pas battue au moins cette fois ? Avec tous ces supporters déchainés…

Bérénice fait allusion à une mésaventure qui m'est arrivée l'an dernier. J'avais voulu aider une femme aux prises avec une bande de voyous. Je me sentais forte, après quelques années de cours de self-défense et je me suis interposée un peu trop frontalement. Résultat : une arcade sourcilière fendue et une côte cassée. Mais je n'ai pas regretté. On est même devenues amies, la dame et moi.

– Non, non, j'ai retenu la leçon. Maintenant, j'ai un boîtier qui imite le son d'une voiture de police. Je l'ai déjà actionné plusieurs fois, c'est très efficace. Et ça me fait bien marrer de voir les gars détaler comme des lapins apeurés.

Ma tante éclate de rire, ravie. Elle adore mes récits de reportages. Nous passons à table. Mon père a préparé un turbot au barbecue, accompagné d'un beurre citronné tout simple mais délicieux. Les fourchettes s'en donnent à coeur joie. Puis arrive le dessert et l'inévitable question :

– Et côté coeur, Giny, du nouveau ? demande Bérénice, l'air innocent.

Parler de ma vie amoureuse avec Bérénice et aborder le sujet devant mes parents, ce sont deux choses bien différentes. Si je n'en éprouve aucune gêne avec ma tante, avec mes parents, ce n'est pas tout à fait le cas ; je ressens une certaine pression. J'élude :

— Et non, toujours libre comme l'air !

Mon crédo : la vie amoureuse, oui, la vie de couple, non. Mon entourage me qualifie de « célibataire endurcie ». Comme si une personne célibataire était une sorte de monstre ! Je ne me sens ni dure, ni insensible. Au contraire.

J'ai trente ans passés et mon choix du célibat chagrine ma mère, je le sais. Mon père ne m'en parlerait jamais : trop pudique pour cela !

Au boulot aussi, cela me pose quelques problèmes. Une fille célibataire, cela semble vouloir dire pour certains hommes : celle-là, on peut la draguer, on peut lui dire des trucs du style : « Tu sais que t'es bien roulée, toi ? », voire lui mettre une main sur l'épaule, et puis descendre, l'air de rien, sur la hanche, et la fois suivante, sur la fesse. La gifle est partie quand Renaud Veyrat, le rédacteur en chef adjoint de mon service, est arrivé à ce niveau de mon anatomie. Ça a été plus fort que moi. La baffe a fait un bruit sec et l'a envoyé valdinguer dans la photocopieuse. J'étais quand même un peu surprise du résultat. Il s'est relevé en hurlant : « Mais t'es dingue ou quoi ? Va voir un psy ! »

J'ai marmonné : « connard » juste assez fort pour qu'il entende, puis, très calme, je me suis assise à mon bureau en pensant : « Waouh, j'ai vraiment fait ça ?! » j'ai sorti mon vieux Walkman de mon sac à dos, mis mes écouteurs, une cassette d'Alain Souchon et j'ai commencé à rédiger mon papier, tranquillement.

Renaud Veyrat, ce sale con - je l'ai su tout de suite - est entré dans son bureau en boitillant et a claqué la porte. Maryse, la secrétaire de rédaction, s'est marrée et a levé le pouce en me regardant. Je bouillonnais intérieurement, partagée entre un peu d'inquiétude, quand même, et une certaine jubilation. Ça m'a fait un bien fou, pour tout dire.

J'avais déjà remarqué le comportement de ce rédac-chef,

avec les jeunes nanas stagiaires notamment. Il les reluquait sans vergogne, leur racontait volontiers des blagues salaces. Je travaille pour un magazine féminin, alors des filles, il y en a partout : dans les couloirs, dans les bureaux, dans les ascenseurs... Un jour, j'avais vu l'une d'elle, timide, jolie, sortir en pleurs de son bureau. J'ai mené ma petite enquête et appris que Veyrat draguait systématiquement les jeunes filles célibataires. Si elles refusaient ses avances, il n'allait pas plus loin, mais il était quand même « lourdingue, les mains baladeuses », m'ont dit quelques-unes d'entre elles. Avec moi, c'était limite, mais jusque-là, il se tenait. Et puis, je ne fais que passer au journal, pour la conférence de rédaction hebdomadaire et pour voir les filles du service photo quand c'est nécessaire.

Il y a bien eu ce jour où il relisait un de mes papiers, une enquête sur des clubs échangistes. Il avait hoché la tête et susurré avec son sourire libidineux :

— Super, ma chérie. Tu les as testés, ces clubs ?

— J'ai fait mon enquête, quoi.

— Et... ? T'as rencontré des mecs ? Tu t'es éclatée ?

Là, j'avais répondu qu'il était hors sujet et qu'il n'avait qu'à lire mon papier s'il se sentait concerné. Ce gros dégueulasse... Il me dégoûte ! Bref, sa claque, il l'a méritée, non ? Lorsque Catherine Durand-Braun, la directrice des ressources humaines, m'a convoquée, j'avais constitué un dossier en béton avec les témoignages de mes petites collègues. Le mois suivant, le « sale con » quittait définitivement son bureau, ses cartons sous le bras.

C'est le genre d'anecdote que je raconte à Bérénice mais pas à mes parents. Ils s'inquiètent assez comme ça.

Mon père propose de nous resservir.

— Papa, il est délicieux, ton poisson ! Parfaitement cuit, tendre et ferme à la fois, mmm. Maman, ta purée aussi, comme d'habitude.

La *Mousline*, c'est sa spécialité. Trop facile ? Nenni ! Elle a son secret : pas de lait mais de l'eau, et un énorme morceau de beurre. Mon repas préféré quand j'étais petite. Ma madeleine de Proust. Pour moi, il n'y a rien de meilleur. Ma maman, ce n'est pas son fort, la cuisine. Par contre, elle a le chic pour concocter des enfances heureuses et des réunions de famille inoubliables.

Elle me sourit, clin d'oeil complice, et me tend mon assiette.

Le repas se termine gentiment. Charlette débarrasse la table. Je demande :

– Qui prendra du café ?

Bérénice lève la main :

– Moi, surtout si c'est toi qui t'en charges, tu le fais mieux que quiconque, ma chérie.

– C'est parce que je le fais avec amour !

J'avoue que si je m'offre avec tant d'enthousiasme à préparer le café, c'est pour échapper aux tâches de fin de repas. Je suis allergique au rangement, au ménage. Il faut dire que j'ai plutôt passé mon enfance à me salir les mains et à m'y planter des échardes, là-haut sur ma colline, qu'à ranger ma chambre. J'étais du genre à grimper dans les arbres et à construire des cabanes sous les pins, jeans troués aux genoux et sweat-shirts Fruit of the Loom trop grands. Le dimanche avec mon père, on débroussaillait. On édifiait d'énormes tas de branchages et on faisait brûler tout ça gaiement. J'aimais ces grands feux de joie qu'on partageait, lui et moi. Le soir, épuisés, pendant que ma mère rangeait la cuisine, on regardait un western tous les deux. Avec John Wayne de préférence. Ou un match de foot. C'était la grande époque des Verts, dans la cour de récré on chantait à tue-tête : *Qui c'est les plus forts évidemment c'est les Verts !* Mes héros s'appelaient Jean-Michel Larqué, Michel Platini, Dominique Rocheteau, ils affrontaient vaillamment le Bayern Munich de Franz Beckenbauer que nous adorions détester ensemble, mon père et moi. J'achetais même des paquets d'auto-collants à leur effigie pour mon album Panini. Parfois, après le match, mon père me retirait une écharde avec une pince à épiler, d'un geste précis et sûr, en coinçant ma main gamine dans sa grosse patte, et puis j'allais me coucher.

Bref, je ne suis pas une fée du logis mais le café, c'est mon domaine. Je repense à la petite phrase de Bérénice : « Et côté coeur, Giny, du nouveau ? »

Ils sont adorables, mes parents, mes oncles et tantes. Je sais qu'ils s'inquiètent pour moi, qu'ils aimeraient me voir « casée ». À vrai dire, j'ai tenté plusieurs fois de leur expliquer mes choix, mais j'ai moi-même des difficultés à savoir ce que je veux faire de ma vie. Tout ce que je sais, c'est que les engagements me semblent pareils à des chaines : trop lourds pour avancer.

J'aime trop ma liberté pour la perdre ! La chanson de Sacha Distel me semble avoir été écrite pour moi : *Oh la belle vie, sans amours, sans soucis, sans problèmes... Oh la belle vie, on est seul, on est libre et on traine...*

Me lier pieds et poings, me marier ? Non merci. Très peu pour moi. Et puis autour de moi, c'est une épidémie de divorces. Une vraie publicité pour le célibat !

Depuis Milo, j'ai pris garde à ne pas m'attacher. Trop douloureux.

Je l'aime ma « vie de patachon », comme dit ma mère. J'ai des aventures, oui, mais je m'arrange toujours pour qu'elles ne durent pas. La passion des débuts, la découverte de l'autre, c'est si excitant ! Tomber amoureuse, c'est si bon ! Et quand cela devient décevant, ce qui ne manque jamais de se produire au bout d'un moment, c'est facile de tout arrêter : un reportage un peu loin et la rupture est consommée, sans drame.

Pourquoi se contenter de cendres tièdes quand on peut avoir le feu d'un volcan ? Pourquoi se « marier », renoncer au plaisir des rencontres, aux baisers fous, aux langues électriques, aux corps à corps extatiques ? Franchement, avoir un seul homme dans sa vie, comme ma grand-mère, cela m'évoque... un repas sans sel. Et moi, les garçons, je les aime trop pour me mettre au régime. J'ai développé un sixième sens pour repérer les oiseaux dans mon genre, les espèces migratoires. Je ne fais de mal à personne !

D'ailleurs, je vais en causer un brin avec Victorine, la semaine prochaine. Je la vois déjà m'écouter en riant. Elle m'a toujours comprise, elle. Sans jamais essayer de me convaincre de ce qui était bon pour moi.

Ma mère m'observe, l'air de rien, en sirotant son expresso. Je sais tellement ce qu'elle pense ! Nous avons déjà eu mille discussions au sujet du mariage et des enfants, mille prises de bec.

***

Paris - Octobre 2000

C'est un jour d'automne roux et échevelé. Assise à la terrasse du Rostand où j'ai mes habitudes, face au jardin du Luxembourg, je rêvasse, mes feuilles éparpillées autour de mon expresso. Je peine à rédiger mon papier ; ce sujet sur les régimes alimentaires hyperprotéinés ne me passionne guère.

Pourtant, j'aime toujours autant mon métier. Au journal, j'ai une paix royale depuis que Renaud Veyrat est parti. Je continue à faire ce que j'ai toujours aimé : écouter les gens me raconter leur histoire, en extraire le suc. Avec moi, ils se livrent comme peut-être jamais auparavant car je ne suis ni une amie ni un membre de la famille. Journaliste, je suis tout le monde et personne à la fois. Le temps de l'interview, une oreille attentive, sans jugement, sans à priori. Le lendemain, juste une signature en bas d'un article. Magique.

Alors, pourquoi ce coup de blues depuis ce matin ? Est-ce parce que je me suis disputée avec ma mère au téléphone hier soir parce qu'elle m'a demandé si j'avais « conscience du temps qui passait » et de l'horloge biologique qui avançait « en ma défaveur » ?

Est-ce parce que du coup, je me suis demandé si j'aurais un jour envie d'en avoir, des enfants ?

Mes pensées, aussi vagabondes que les feuilles mortes du Luxembourg, me mènent à Nathalie, une mère meurtrie que j'ai interviewée il y a quelques jours. Elle m'a raconté que ses deux enfants de vingt-cinq et trente ans, persuadés par une psy d'avoir été abusés sexuellement par leurs parents, ont coupé tout lien avec elle. Nathalie ne les a pas vus depuis cinq ans, désespère de les revoir un jour et ne sait même pas si elle a des petits-enfants : une mère brisée, comme tant d'autres dont j'ai recueilli les témoignages. J'ai aussi pensé à l'histoire de Salma qui a dû faire face seule aux crises violentes de sa fille, atteinte d'autisme. Son mari ne supportait pas la situation et a abandonné le foyer, ajoutant du chagrin au malheur. Des histoires de mères célibataires au courage incroyable, j'en ai entendu tellement... Par association d'idées, je me revois alors, quelques années auparavant, lorsque j'avais découvert, naïve, effarée, révoltée, combien les femmes avaient dû lutter pour s'affranchir de la domination des hommes, pour leurs droits et leur liberté, après que ma chère Victorine m'eût raconté son histoire d'amour sans lendemain après son mariage.

Et ma mère qui veut que je fonde une famille !

Mon expresso est complètement froid. Je regarde distraitement les couples qui se bécotent devant la fontaine Médicis. La terrasse du Rostand est un poste d'observation idéal, surtout depuis ma table, légèrement en retrait. De là, je peux voir sans être vue.

Soudain, mon attention est attirée par une silhouette masculine. Je sursaute. Cette démarche, cette chevelure, ce profil...

Je rassemble précipitamment mes feuillets, pose le montant de ma consommation sur la table et m'élance en criant :

– Armand ! Monsieur d'Anglas !

Il se retourne, me sourit :

– Oh bonjour, Giny. Comment allez-vous ?

Je le trouve toujours très beau, mais vieilli, ses cheveux presque blancs, ses traits plus marqués, son dos un peu voûté, et je réalise que notre rencontre remonte à onze ans déjà.

— Très bien, merci. Je reviens de Normandie. Je suis allée rendre visite à ma grand-mère. Elle se porte comme un charme.

— Je le sais.

— Ah bon ? Comment ça ?

Il garde le silence un instant puis finit par répondre :

— Puisque nous partageons déjà un petit secret tous les deux, je vais vous en confier un autre.

Il prend mon bras.

— Marchons, voulez-vous ? Je n'ai pas très chaud.

Nous cheminons doucement, je suis impatiente de savoir ce qu'il veut me dire mais je n'ose parler, de peur qu'il ne se ravise.

— Comme je vous l'avais dit lors de notre rencontre, Victorine a beaucoup compté pour moi. Je me suis beaucoup reproché à l'époque de l'avoir en quelque sorte abandonnée. J'étais si jeune ! Mais j'étais loyal. Et amoureux. Alors, je me suis promis de veiller sur elle… à distance. Même après mon mariage, je n'ai jamais failli à ma parole. Je voulais tout simplement être certain que rien de fâcheux ne lui arrive.

J'en ai entendu, des histoires, mais là, je tombe des nues. Je cherche mes mots :

— Comme une sorte de… d'ange gardien ?

— Exactement.

— Mais comment, vous vivant à Paris, elle à Étretat ?

— Je possède une villa à Étretat depuis fort longtemps, je m'y rends très souvent. Il m'a donc été facile de m'assurer que tout allait bien pour Victorine.

— Mais… de quelle façon ?

Il réplique avec un sourire moqueur :

— Vous êtes bien une journaliste… Vous voulez tout savoir.

Je m'apprête à protester pour la forme. Mais il a raison, je pose toujours trop de questions. Il reprend :

— Giny, laissez-moi quelques-uns de mes secrets... Tout ce que je peux vous dire, c'est que je veillais de loin. J'avais surtout besoin de l'apercevoir de temps en temps.

Il semble soudain très ému.

— J'estimais lui avoir fait assez de mal comme ça, je n'aurais pas voulu lui rappeler ce qui devait être un très mauvais souvenir pour elle.

— Au contraire ! Elle m'a raconté votre histoire avec beaucoup d'émotion. J'ai compris que vous aviez fait naitre en elle des sentiments très forts. Un amour de jeunesse, ce n'est pas rien... Oui, elle a connu quelque chose d'unique avec vous, j'en suis sûre.

— Vous ne pouvez pas imaginer à quel point ce que vous me dites me touche... Moi qui ai consacré ma vie à soulager la douleur, à soigner, à réparer, je ne me suis jamais pardonné de l'avoir rendue malheureuse.

— Qu'est-ce qui vous le laisse penser ?

— Elle m'avait envoyé une réponse à ma demande en mariage. Une lettre très digne, qui m'avait bouleversé et qui ne me laissait aucun espoir. J'avais perçu entre les lignes beaucoup de chagrin, de désarroi. Je n'en ai jamais parlé à personne.

Ses yeux se remplissent de larmes. Il prend mes mains dans les siennes et ajoute d'un air grave :

— Voilà, vous connaissez mon secret... Merci pour vos paroles réconfortantes, Giny.

Nous nous séparons. Je marche lentement, très troublée par tout ce qu'Armand vient de me révéler.

Après notre première rencontre, je m'étais posé beaucoup de questions : devais-je raconter à Victorine que j'avais retrouvé Armand, qu'il ne l'avait pas oubliée, qu'il était veuf, comme elle ? Est-ce que cela avait un sens de provoquer des retrouvailles après tant d'années ? Ils s'étaient aimés à quinze ans, et plus de cinquante ans s'étaient écoulés.

Non, je n'avais pas voulu prendre le risque de la bouleverser. Je n'avais pas voulu prendre de risque tout court. Pour organiser une rencontre, il aurait fallu qu'au préalable, par loyauté, j'en informe ma famille. J'avais pesé le pour et le contre. Mon coeur me poussait à parler, ma raison à me taire. Finalement, j'avais senti que je m'embarquais dans quelque chose qui me dépassait et j'en étais restée là. J'avais gardé pour moi le secret de ma découverte. Il m'en était resté une sensation désagréable, un sentiment de lâcheté.

Au loin, derrière le grand bassin du Luxembourg, je distingue encore la silhouette d'Armand qui s'éloigne avec son mystère entre deux allées de tilleuls. Que pouvaient donc recouvrir ses mots : « J'ai toujours veillé sur elle » ? Je me demande soudain s'il l'a espionnée, suivie, dans quelle mesure il a pu interférer sur le cours de sa vie. Mais ai-je vraiment envie de le savoir ? Après tout, il a droit à sa part de mystère, à son jardin secret, non ? Moi qui doute souvent, j'ai au moins cette certitude : un jardin secret, c'est comme une chambre à soi, rien qu'à soi ; un lieu privé où personne n'entre, où l'on peut jouir d'une liberté totale. Tout le monde devrait y avoir droit.

Le temps de me remettre de mes émotions, je m'assieds sur une des chaises qui bordent la fontaine Médicis, sous l'ombrage des platanes aux somptueuses couleurs d'été indien. Il flotte autour de cette fontaine une atmosphère propice aux histoires sentimentales. D'ailleurs les amoureux de tout à l'heure sont toujours là, ils roucoulent, assis près de la sculpture d'Acis et Galatée qui orne le fronton du bassin. Je pourrais me coller sous leur nez qu'ils ne s'en apercevraient pas ! J'éprouve soudain un pincement au cœur en observant leurs mains mêlées. Je les envie ; ce grand frisson, je ne l'ai pas ressenti depuis longtemps.

Je soupire en songeant aux révélations d'Armand. Son amour pour Victorine, cela ressemblait à de la passion, non ? Finalement, aurais-je dû le donner, ce coup de pouce au destin ?

Je tente de me persuader que tout cela ne me regardait pas, que mes idées démiurgiques étaient ridicules.

Laisser les choses se faire d'elles-mêmes, c'est souvent la meilleure option, n'est-ce pas, Victorine ?

Et pourtant, c'est exactement l'inverse que je pratique dans mon métier. Exhumer les secrets des recoins sombres, contribuer au jaillissement de la vérité, permettre à des sentiments de s'exprimer, à des destins de s'accomplir, à des personnes séparées de se retrouver.

S'il n'a pas osé, si elle n'a pas su…

Dois-je avoir des regrets ?

***

Paris - Octobre 2000. Armand

En s'éloignant dans les allées bordées de sculptures, Armand pense à Victorine, à leur baiser adolescent qui l'avait engagé ; presque l'équivalent d'une demande en mariage ! Aujourd'hui, tout est différent, songe-t-il en souriant. On s'embrasse sans réfléchir et on passe à autre chose.

Ce baiser, il ne l'avait pas donné « à la légère » et il savait qu'il en était de même pour Victorine. Il pensait qu'elle l'aurait attendu. Puis la guerre avait éclaté. De ces terribles années, il avait l'impression d'avoir tout oublié, sauf la peur qui vrille le ventre face aux avions ennemis, les tirs qui peuvent vous abattre à chaque instant. Seul le ciel en feu restait dans sa mémoire, tout le reste semblait effacé, anéanti. Mangeait-il durant ces années-là ? Dormait-il ? Était-il autre chose qu'un pilote aux commandes d'un avion de guerre ? Ses camarades semblaient mieux vivre la situation que lui, mus par un mélange d'excitation et de peur où la première primait. Lui, il était envahi par le désespoir.

Armand boutonne sa veste. Il a froid, tout à coup. Il poursuit sa marche parmi les promeneurs. Cette rencontre a réveillé des souvenirs douloureux. Il n'a pas tout dit à Giny ; pourquoi lui aurait-il parlé de ses démons, de sa profonde mélancolie ? Cette jeune fille si chaleureuse, si enthousiaste, qui n'a pas encore subi les coups tordus de l'existence ! L'âge de l'innocence. Jamais il ne lui aurait dévoilé ses tourments profonds.

Hélène... déjà malade à vingt-cinq ans, pauvre chérie,

atteinte de cette saleté de maladie, cette sclérose en plaque qui ne lui laissait que quelques périodes de répit entre chaque crise.

Sa femme avait vécu ainsi des dizaines d'années, au prix de nombreuses cures dans divers établissements, en France, en Suisse, aux États-Unis. Il s'était habitué à ses crises, à ses larmes, à sa dépendance aux médicaments et autres substances. Leur vie en pointillés ne laissait pas beaucoup de place à l'amour ni à la joie.

Quand elle s'absentait pour ses soins, il rejoignait sa villa d'Étretat avec leurs enfants. Il les confiait à la garde de leur nourrice pour se promener pendant des heures sur les falaises. La marche solitaire, la vue spectaculaire sur la mer infinie et le calme de ces grands espaces lui procuraient un apaisement miraculeux.

Il avait croisé Victorine en ville, un jour, par hasard. Cela l'avait rempli de joie et de chagrin tout à la fois. Mais surtout de joie. Elle, elle ne l'avait pas vu. Elle tenait ses deux fillettes par la main et les regardait comme si rien d'autre au monde n'existait. Comme elles étaient jolies toutes les trois ! Pures, vraies. Il les avait suivies jusqu'à leur maison de la rue Isabey.

Il avait eu une envie irrépressible de revoir Victorine. Il s'était posté devant sa maison et avait commencé à la suivre lorsqu'elle sortait en promenade. Au début, il craignait d'être découvert et pris pour un fou ; peut-être l'était-il ? Mais voir Victorine, la suivre de loin, c'était remonter dans le passé, un passé qu'il n'aurait jamais voulu quitter. Une partie de lui était restée connectée à la jeune femme, au temps de l'innocence, de la pureté, de la beauté, de la jeunesse et de la paix : tout un monde perdu. Alors, oui, c'était bizarre, mais il s'en fichait. Il ne faisait rien de mal. Ces promenades-filatures l'enchantaient.

Les premières années, il se sentait malgré tout un peu

coupable, car si Hélène connaissait l'histoire de son amour de jeunesse, elle ne savait pas en revanche qu'il pensait toujours à Victorine. Puis au fil des ans, il avait réalisé qu'il ne désirait rien de plus : apercevoir Victorine de loin, la suivre quelques instants, s'assurer qu'elle « allait bien ». Rien de plus. Rien à raconter. Rien à se reprocher.

Presque rien ; lors de ces filatures, il espérait qu'elle se retournerait, qu'elle le reconnaîtrait, qu'elle viendrait à lui. Alors, il imaginait une course folle l'un vers l'autre, des éclats de rire, des baisers incandescents, des lumières éblouissantes et des violons exaltés. Alors, il pouvait sentir la chaleur du corps de la jeune femme contre le sien, la soie de ses cheveux sous ses doigts, la douceur de sa peau, et son coeur s'emballait. Puis Victorine disparaissait au coin de la rue, le ciel se voilait à nouveau, la musique cessait, son rêve fou s'évanouissait. Ne demeurait que sa poitrine douloureuse.

Armand se dirige vers son appartement. Ses désirs d'antan, il les a laissés s'éteindre au fil des ans pour se consacrer à son métier. Son amour, il l'a réservé à ses petits-enfants. Il pousse la lourde porte de son bel immeuble, aperçoit son reflet dans le miroir de l'entrée : un vieil homme.

***

Étretat - Octobre 2005

Victorine scrute la ligne d'horizon sur la mer tranquille, comme si elle espérait y trouver la réponse à sa question : ce monsieur charmant aux cheveux blancs, qui vient probablement de lui sauver la vie, il lui rappelle quelqu'un, mais qui ?

Elle est encore sous le choc.

Elle fait pourtant très attention chaque fois qu'elle traverse l'avenue Georges V, l'artère principale d'Étretat, où les gens roulent vite. Trop vite.

Victorine soupire, se revoit, s'apprêtant à s'engager sur le passage piétons, retenue in extremis par cet homme providentiel qui l'a empêchée, de justesse, de passer sous le camion lancé à pleine vitesse ; ce camion fou qui l'a frôlée dans un hurlement de klaxon. L'effroi lui a scié les jambes… Et ce monsieur « comme il faut », élégant, qui l'a gardée serrée contre lui un bref instant. Ses paroles aimables, réconfortantes. Son « au revoir » poli, avant de repartir de son côté.

Elle a marché jusqu'à la plage, tout doux, tout doux, s'est assise sur un banc face à la mer, le temps de reprendre ses esprits.

C'est une belle journée. Un de ces dimanches qui ne sont plus d'été mais pas encore tout à fait d'automne. Les yeux rivés sur les périssoires blanches qui fendent l'eau, ces fines embarcations typiques d'Étretat, Victorine se mordille le coin de la bouche. Élégant, poli, charmant. Elle a beau réfléchir, ce visage reste aussi secret qu'un nom sur le bout de la langue.

Un goéland effronté vient interrompre sa rêverie. Elle sursaute, esquive le volatile erratique d'un mouvement de tête.

Victorine aime se promener le long de la plage. S'il n'y avait ces migraines, ces élancements douloureux dans ses jambes, son coeur qui lui joue des tours, ce maudit cardiologue qui l'a mise au régime...

Les jours paisibles comme aujourd'hui, elle s'émerveille devant le spectacle de la mer aux nuances subtiles, palette mouvante de verts et de bleus. Elle aime aussi, les jours de tempête, contempler le ballet des vagues et de l'écume, leurs chorégraphies bondissantes dans l'écrin de craie des falaises. De toutes ces beautés, elle ne s'est jamais lassée.

Elle inspire une large bouffée d'effluves iodées.

Un libraire du Havre peut-être, je n'y ai pas mis les pieds depuis si longtemps... Le père d'un copain des enfants ? Oh que c'est énervant ! J'aurais dû lui demander son nom.

Un coup d'oeil pour vérifier que les barques colorées des pêcheurs sont bien arrimées à leur anneau. Les tempêtes sont mauvaises, par ici. Lorsque la mer se déchaîne, elle se soulève par paquets, recouvre la digue et emporte tout : barques mal attachées, filets de pêche oubliés, galets roulés dans le puissant courant et engloutis dans les profondeurs jusqu'à la tempête suivante qui les régurgitera : un va-et-vient organique, et voici Étretat pourvue d'une plage de sable aussi improbable qu'éphémère.

Grand, beau encore malgré les griffes du temps sur son visage. Des cheveux blancs ondulés. De l'allure. Et cette courtoisie, ce petit quelque chose de familier... Peut-être quelqu'un de l'époque des Loges ? J'en ai vu tellement, des visages, au café ! Ou alors, un ancien client d'Émile ? Il en avait de très chics. Des Parisiens.

Elle hausse les épaules, se laisse distraire par les promeneurs, saisit au vol des bribes de conversations :

« It's amazing ! », « Kiwotsukete ». Elle s'amuse avec gourmandise à répéter à voix basse ces sons étranges en les roulant dans sa bouche comme de petits galets entrechoqués et elle rit en pensant à ses enfants qui se moquent gentiment de sa tendance à les écorcher, les mots.

Elle se sent parfaitement remise à présent, prête à faire une digue. Elle croise Germaine, une vieille connaissance. Les deux femmes se saluent du bout des lèvres. Victorine ne l'aime pas, cette Germaine. Une femme méchante, bavarde et un peu idiote qui travaillait pour ses parents lorsqu'ils vivaient encore aux Loges. Récemment, Victorine se reposait sur son balcon lorsqu'elle l'a aperçue marchant sur la petite route en contrebas, à quelques mètres à peine. La commère ne l'a pas vue, elle était accompagnée d'une voisine à qui elle a demandé : « La Victorine, elle est-y encore pas morte ? » Puis en vingt secondes, elle a dénigré tout Étretat. Victorine a ri et a songé que ce n'était pas étonnant qu'elle n'ait jamais trouvé de mari.

Victorine prend le chemin du retour, emmitouflée dans sa veste. Elle traverse, sans encombre cette fois, l'avenue Georges V, puis la rue Isabey. Elle ne peut l'emprunter sans un pincement au coeur. Quelques mètres plus loin, elle s'engage dans l'étroite ruelle de graviers qui mène à sa résidence, un chemin piéton qui se faufile entre de modestes maisons de pêcheurs aux volets bleus, bordé ici et là d'un charmant fouillis de coquelicots, d'hortensias, de myosotis et de roses trémières.

Chaque fois qu'elle emprunte ce passage qui n'a pas changé d'une palissade depuis son arrivée, Victorine effectue un voyage dans le passé. Surgissent alors des images aux couleurs légèrement estompées, comme sur les rares photos qu'elle a conservées de cette époque, mais assez puissantes pour qu'en fermant les yeux, elle se retrouve plongée dans la maison de son enfance. Soudain lui reviennent pêle-mêle le merveilleux jour des crêpes - un luxe rare - à Mardi gras, les corvées de dégermage des pommes de terre, ça, elle détestait, le poêle à bois qui chauffait, mal, une seule pièce du logis. Et aussi la tinette au fond du jardin, ces lieux d'aisance malodorants d'avant les WC modernes : un seau sous une simple planche percée, et des bandes découpées dans du papier journal pour s'essuyer.

Elle se souvient de l'allumeur de réverbères qu'elle attendait avec impatience l'hiver car la nuit tombait trop tôt, sourit en se remémorant les fermiers du coin qui venaient boire leur calva au café de ses parents. Ils garaient leur charrette dans la rue. Bruit sonore des sabots sur les pavés, hennissement nerveux des chevaux, odeurs de paille et de crottin...Lorsque les fermiers avaient trop bu, c'est leur cheval qui les ramenait chez eux. À cette évocation qui la fait sourire, ses parents s'invitent dans sa promenade, aussi vivants que s'ils l'étaient encore, pour faire un petit bout de chemin à ses côtés. Elle aime ces instants magiques et fugaces où ses chers défunts réapparaissent. Elle ressent si puissamment leur présence qu'elle leur parle avec la certitude qu'ils l'entendent.

Papa, tu chantais cette chanson sur l'amitié, ça faisait comment déjà ? Ah oui, ça me revient... *Avoir un bon copain, c'est ce qu'il y a de meilleur au monde, oui car un bon copain, c'est plus fidèle qu'une blonde.* Avec ça, papa, pour la fidélité... Tu aimais trop les femmes ! Elles te le rendaient bien, il faut le reconnaître. Et toi Maman, qui lui pardonnais tous ses écarts... Tu étais une sainte.

Victorine peut alors sentir le parfum de sa mère, à la douceur de l'iris et de la violette. La violette... Elle aime ses effluves légers et intenses à la fois. Un court poème lu elle ne sait plus où lui revient à l'esprit : *La cueillir, quel dommage. La laisser, quel dommage. Ah, cette violette !*

Et ce jour d'octobre, le visage de son mystérieux sauveur vient perturber ses méditations, alors que la présence de ses parents redevient nuages. Elle soupire en poussant la porte à digicode de son coquet bâtiment blanc. Une fois dans son appartement, elle ôte son bonnet en prenant soin de ne pas déranger ses boucles grises plaquées par quelques pinces discrètes, puis se recoiffe face au miroir, d'un petit geste précis.

Elle scrute son reflet, à la recherche de la jeune fille d'antan, ne voit d'abord que des épaules voûtées, un visage aux contours vacillants, un grand front barré de longues rides horizontales bien à leur aise, une peau brune à la fois souple et tannée par les ans.

Elle s'approche un peu plus près et aperçoit dans ses yeux noisette ces éclats d'or qui faisaient dire à son père qu'elle avait des « yeux de poupée ». Elle se redresse, sourit à ce souvenir et reconnaît alors dans le miroir les pommettes hautes, les joues rondes, la bouche rieuse qui s'entrouvre sur de jolies dents blanches ; c'est bien elle, la jeune Victorine qui n'avait peur de rien ! Elle rit, contente de son tour de passe-passe.

Après un déjeuner rapide, elle va chercher son grand cahier d'écolière, celui dans lequel elle écrit, un peu chaque jour, ses souvenirs d'enfance, les événements importants de sa vie et une quantité de petites choses douces ou amères. Elle note tout cela comme ça lui vient, sans souci de chronologie, juste pour ne pas oublier.

Elle l'a choisi avec soin, son cahier : un Oxford 21 x 29,7 à grands carreaux, couverture bleu outremer, lion conquérant en surimpression, papier satiné sur lequel son stylo glisse avec aisance. Elle a toujours pris plaisir à écrire. « Tu as une belle écriture, élégante et déliée » lui disait son institutrice.

Elle s'installe confortablement dans son canapé beige, tapote ses coussins brodés de mésanges bleues et jaunes, ouvre le grand cahier Oxford. Elle relate sa distraction, le camion fou, l'inconnu chaleureux, « chic, sympathique, comme il faut », son coeur qui a battu longtemps la chamade, et soudain elle se demande si c'était uniquement à cause de la peur.

Au son d'une chanson à la radio, elle réalise qu'elle s'est assoupie. Elle a fait un drôle de rêve : un homme qui ressemblait comme un jumeau à son sauveur l'entraînait dans une valse sous les tilleuls parfumés d'une place de village ; un endroit inconnu, familier cependant. Au son enjoué d'un accordéon invisible, dans une lumière orangée de fin d'après-midi, ils dansaient, tendrement enlacés, ils semblaient flotter dans les airs. L'homme inclinait son visage vers elle et posait doucement ses lèvres sur les siennes.

Bien réveillée à présent, elle ressent encore la douceur de ce baiser et cela lui procure une drôle d'émotion, ténue mais intense, qui se dissipe peu à peu comme la trace poudreuse d'un avion dans le ciel.

Cela fait si longtemps qu'elle n'a pas été amoureuse ! Qu'elle n'a pas ressenti ce fourmillement au creux du ventre, presque douloureux et si bon cependant, cette accélération du pouls, cette chaleur aux joues.

Elle rit toute seule, se demande ce qui lui prend. Plus saugrenu encore : dans son rêve, elle était adolescente et l'homme, lui, était vieux déjà. Mais quelle idée !

Et puis soudain, alors qu'elle s'est levée pour aller chercher un verre d'eau, tout lui revient. La brume autour du mystérieux visage s'est dissipée, comme balayée par un grand coup de vent. De surprise, elle laisse échapper son cahier, et regarde sans les voir les précieux dessins et cartes postales de ses petits-enfants rangés entre les pages s'éparpiller tout autour d'elle.

***

Étretat - Novembre 2005. Germaine

Germaine est énervée. Ce n'est pas bon pour sa tension, ça ! La faute à cette rencontre sur la digue ; chaque fois qu'elle croise Victorine, elle ressasse toute la journée.

Emmitouflée dans son épais châle à carreaux bruns, elle s'affale sur son canapé dans un nuage de poils soyeux. Merlu, son chat gris tacheté de blanc, l'évite d'un bond leste et se recouche un peu plus loin. Germaine le caresse du bout des doigts en songeant au passé. Elle n'a rien oublié. Ses jambes la trahissent mais pas sa tête. Elle se repasse souvent le film de cette journée d'août 1938. Le 6 août 1938, précisément.

C'était le premier vrai jour d'été. Sur la place du village, une troupe de forains venait d'installer comme chaque année ses roulottes bigarrées et de monter son chapiteau. Germaine attendait ça depuis des mois. Enfin, il allait se passer quelque chose aux Loges ! La fête avait commencé le soir-même. Elle revoit comme si c'était hier le chapiteau jaune et rouge, les deux clowns qui se jetaient des invectives et des seaux d'eau à la figure, les trois petits chiens savants qui faisaient rouler sous leurs pattes des ballons colorés tout autour de la piste, les funambules en justaucorps de satin bleu dansant sur un fil tendu au-dessus des spectateurs. Et aussi cette petite femme pourvue d'une immense barbe, assise derrière une vitrine. Germaine avait ressenti un plaisir mêlé d'effroi à la contempler.

Au fil de la soirée, de petits groupes s'étaient formés autour de feux de joie. Germaine avait remarqué son patron, Alphonse, assis au milieu d'un petit cercle de guitaristes. Il frappait en rythme dans ses mains et s'était mis à chanter un air tsigane. Quel bel homme, cet Alphonse ! S'il n'avait pas eu trente ans de plus qu'elle... Elle s'était demandé où il avait pu apprendre une telle chanson. Sa femme le regardait avec admiration, sourire aux lèvres. Leur fille - quelle mijaurée, celle-là ! - se balançait en rythme. Germaine avait pensé : Tu te dandinerais moins, si tu savais, ma petite...

Ce matin-là, comme tous les matins, elle s'était levée à cinq heures pour préparer la tournée de son père avant de commencer son propre service. Sa mère ne pouvait plus l'aider, elle était restée handicapée suite à une crise cardiaque. Germaine n'aimait pas lire, elle n'avait jamais aimé l'école, mais classer le courrier, c'était encore dans ses compétences.

Ce matin-là, en cours de classement, elle était tombée sur une lettre qui avait immédiatement capté son attention : elle était destinée à Victorine.

Engoncée dans ses coussins, Germaine sourit. Ça, c'est la meilleure partie de l'histoire. Elle s'en délecte à chaque fois. La gourmandise avec laquelle elle avait décacheté l'enveloppe... Avec de la vapeur d'eau chaude, comme elle le faisait régulièrement pour ouvrir les lettres adressées à ses connaissances. Percer de petits secrets sur la vie de ses amis, quoi de plus intéressant ? Oui, c'était vraiment un grand plaisir ; le même que celui éprouvé lorsqu'elle regardait par le trou de la serrure des chambres de l'hôtel où elle avait travaillé pendant quelques mois. Jusqu'à ce que le patron la surprenne. Il l'avait renvoyée sans sommation. Un idiot. Derrière son dos, elle avait sifflé entre ses dents un : « Crève, salaud ! » méprisant.

Elle avait donc lu cette missive adressée à une autre. Germaine ressent encore l'excitation fébrile qui l'avait saisie lorsqu'elle avait commencé à déchiffrer la belle écriture régulière. Cela commençait par quelque chose comme : « Ma chère Victorine, J'espère que tu as reçu mes lettres d'Amérique. »

La voix bourrue de son père avait interrompu sa lecture : « Germaine ! Ça vient, ce courrier ? » Elle avait dû attendre l'après-midi pour assouvir sa curiosité. La lettre évoquait un « départ précipité pour New York avec ses parents » et le fait qu'il « n'avait pu la prévenir » ; un « voyage pour sauver sa mère » d'une maladie au nom incompréhensible ; une description du paquebot Normandie avec de nombreux détails sur son « luxe inouï » qui avaient ennuyé Germaine. La fin de la lettre lui avait semblé plus compréhensible que ce qui précédait : « Je t'embrasse avec toute ma tendresse. » Et c'était signé : « Armand »

Une terrible jalousie lui avait mordu le coeur. Une sorte de déchirement s'était produit en elle. Une chose était claire : Victorine ne devait JAMAIS lire cette lettre. Elle l'avait rangée soigneusement dans une boite cachée sous son lit.

À ce moment-là de ses souvenirs, Germaine s'énerve toujours un peu. Elle gratouille trop fort le ventre de Merlu qui ronronnait jusque-là avec la régularité d'un métronome et qui surpris, lui lance un coup de griffe.

— Dégage, sale bête !

Elle l'expédie sans ménagement au bout de la pièce. Merlu crache dans sa direction, le dos rond, et se recouche aussitôt près du poêle.

Germaine reprend le cours de ses pensées. Elle avait été à l'époque d'autant plus mortifiée qu'elle avait des vues sur « le garçon ». Depuis ses quatorze ans, chaque été, elle guettait son arrivée avec les filles du village. Elle savait bien que toutes, la Jeanne avec ses beaux yeux bleus et ses longs cheveux blonds, la Marcelle qui se maquillait pour l'occasion et puis la Suzon qui abrégeait sa journée de travail à la ferme, et la Fernande, enfin toutes, lui tournaient autour, à ce garçon de Paris.

Germaine, quant à elle, rembourrait son corsage à l'aide de petits morceaux de coton. Jusque-là, cela n'avait pas donné grand-chose ; le garçon passait deux mois chez ses grands-parents puis repartait dans la belle voiture de ses parents sans l'ombre d'une amorce de relation avec elle. Mais Germaine avait remarqué qu'il s'était rapproché de Victorine. « Pourquoi elle et pas moi ? » s'était-elle souvent demandé. Ce n'était pas juste. La lettre dérobée, c'était une belle vengeance.

Mieux encore, d'autres lettres étaient arrivées les semaines suivantes. La fille du facteur les avait également interceptées avec un bonheur sans nom. Dans l'une d'elles, Armand évoquait un « espoir de rémission reposant sur un traitement précurseur prodigué par un éminent professeur américain ». Les termes étaient trop compliqués pour elle. Qu'est-ce que cela pouvait bien vouloir dire ? C'était du charabia ! Mais la fin de la lettre, à nouveau, était claire : « Tu me manques terriblement, ton silence me met au supplice, donne-moi une chance, je t'en prie. »

Dans une autre, il donnait des précisions sur sa vie en Amérique ; il avait vécu dans un appartement prêté par des amis de ses parents au trente-cinquième étage d'un gratte-ciel situé dans l'Upper East Side, avec une vue extraordinaire sur l'Empire State Building. Elle n'y comprenait rien, cela ne l'intéressait pas et elle avait sauté quelques lignes.

Dans la dernière, enfin, il expliquait qu'il ne pourrait plus écrire ni venir la voir car il allait devoir se « jeter corps et âme » dans ses études. Encore une expression tordue ! Cette quatrième lettre était venue rejoindre les autres au fond de la boite secrète.

Germaine était d'autant plus satisfaite d'avoir subtilisé

ces courriers que Victorine s'était fiancée quelques mois auparavant à un gars du pays. Moins beau que le garçon, mais du charme et de beaux yeux bleus. Il plaisait à Germaine et elle avait essayé d'attirer son attention à plusieurs reprises, mais il n'avait d'yeux que pour Victorine. Qu'est-ce qu'ils lui trouvaient donc tous, à cette sainte-nitouche ?

Le jour des noces de Victorine et Émile, Germaine avait mis sa plus jolie robe et du fond de l'église, elle avait savouré la cérémonie. Lorsqu'Armand était apparu juste à côté d'elle, presque invisible dans l'ombre d'un pilier, elle avait sursauté, puis lui avait adressé son plus gracieux sourire. Elle avait eu l'impression qu'il ne l'avait pas reconnue.

En caressant distraitement la tête de Merlu qui se frotte à ses jambes pour réclamer sa pâtée, elle se dit encore que cette prétentieuse de Victorine devrait la remercier, car finalement, en dissimulant ces lettres, elle a sauvé son mariage. Quant à cet ingrat d'Armand qui ne lui avait jamais jeté un regard, elle avait été bien bonne de lui renvoyer ses pauvres lettres reliées par un joli ruban rose.

***

Une colline entre Aix et Marseille - Août 2004

Il y a deux ans, j'ai traversé une sacrée zone de turbulences. Cela a duré quelques mois. Neuf mois, précisément. Durant lesquels j'étais envahie par des flots de pensées qui me laissaient épuisée. Être libre, est-ce que cela rend les choix plus faciles ? Pouvoir choisir, c'est une chance immense, c'est fantastique, mais n'est-ce pas aussi risquer de se tromper ? Suis-je compétente ? Vais-je savoir ?

J'étais déboussolée. Pendant ces quelques mois-là, je me réveillais en pleurant puis je riais devant mon café, et je pleurais à nouveau. Je pensais souvent à ma grand-mère... Mamie, viens-moi en aide ! Toi qui as tout surmonté ! Toi qui as mené ta barque malgré les écueils, les déconvenues, les rêves abandonnés. Comment as-tu fait ? Toi qui as été une mère extraordinaire, toi qui as tant donné à ta famille, guide-moi. Aide-moi !

Comment être mère ? J'étais ballotée en tous sens, telle une navigatrice du Vendée Globe submergée par un tsunami d'hormones déchainées. Allais-je me montrer à la hauteur ?

C'est le jour de ma rencontre impromptue avec Armand aux jardins du Luxembourg, quatre ans auparavant, que l'improbable s'était produit. J'étais assise auprès de la fontaine Médicis, pensive après qu'il m'eut révélé son secret. J'enviais les amoureux qui se dévoraient à côté de moi, seuls au monde, quand sur la chaise voisine un garçon s'était assis. C'était Milo.

Lorsque nos regards se sont croisés et que j'ai reconnu

ses yeux verts limpides et son sourire chaleureux, j'ai ressenti un désir impétueux de me serrer contre lui et de poser ma bouche sur la sienne. Il devait éprouver la même envie car c'est ce qui est arrivé.

Le lendemain, je devais partir enquêter sur la mort mystérieuse de colonies d'abeilles dans un village de la Drôme. À la place, j'ai passé trois jours et trois nuits au lit avec Milo. Trois jours et trois nuits sans résistance, sans craintes, sans idées angoissantes. Je n'ai pensé qu'au moment présent et à l'amour. C'était simple, joyeux, doux.

Peu de temps après ces retrouvailles, s'est posée la question délicate que nous allions bien devoir aborder : de quel genre de relation avions-nous envie, lui et moi ?

Je suis retournée m'assoir près de la fontaine Médicis. J'aimais décidément beaucoup ce lieu, je m'y sentais protégée sous la voûte des grands arbres, et le murmure de l'eau m'apportait une grande sérénité.

J'avais trente-cinq ans, Milo trois de plus. Plus de dix ans s'étaient écoulés, nous étions tous les deux un peu différents, mais à ses côtés, j'avais l'impression d'avoir toujours vingt ans. C'était très agréable, et je pensais que cela pouvait durer longtemps car je me souvenais de regards d'Émile pour Victorine, alors qu'ils avaient déjà dépassé la soixantaine. Ils révélaient clairement son amour pour elle, son admiration, et elle, lorsqu'il la regardait ainsi, se redressait, pétillait, rajeunissait. C'est exactement cela que je me suis dit : dans les yeux d'Émile, Victorine aurait toujours vingt ans.

Je me suis aussi souvenue de nos réunions de famille, du bonheur de ma grand-mère à retrouver ses enfants, de leurs fous-rires, de la chaleur dans leurs yeux, de leurs embrassades, de leur tendresse mutuelle. Je pouvais entendre sa voix vibrante lorsqu'elle décrochait son téléphone et qu'elle disait tendrement : « Comment ça va, mon p'tit gars ? » à son fils chéri. « Un coup de fil chaque jour d'un de mes enfants et tout va bien ! » m'avait-elle affirmé un jour.

C'est peut-être pour tout cela que j'ai entrevu la vie de couple autrement et qu'a commencé à germer en moi l'idée qu'avoir des enfants, ce n'était peut-être pas si mal.

Et puis, retrouver Armand et Milo le même jour représentait un drôle de tour du destin. Pour moi, cela ne relevait pas du simple hasard mais c'était un peu comme si Victorine me soufflait : « Vas-y, fonce ! Tu as la chance que je n'ai pas eue, la chance d'avoir retrouvé ton amoureux. Saisis-la. »

Je suis sortie de ma zone de turbulence le jour où Tom et Lola, nos jumeaux, sont nés.

Ils viennent de fêter leurs deux ans et ce premier août, nous atterrissons en douceur à l'aéroport de Marignane, accueillis par Alain et Charlette. Milo est resté à Paris. Il est architecte et travaille sur le chantier du futur musée du Quai Branly qui doit ouvrir dans deux ans. Pas de vacances pour lui cet été. Mais je sais que je vais être traitée royalement. Du jour où j'ai annoncé à mes parents que j'étais enceinte, j'ai été considérée comme la reine d'Angleterre. Pas moins.

Les vacances s'annoncent douces. Dès le lendemain de notre arrivée, le rythme est pris. Tom et Lola font la sieste. Je somnole sous un chaud soleil qui louvoie entre les branches des pins. Charlette et moi sommes étendues sur des transats bleus et blancs, une très légère brise caresse nos peaux nues. Je m'étire voluptueusement et je savoure l'instant. Si j'en crois le chant des cigales, la température a atteint les 28 degrés.

Charlette tourne vers moi ses grands yeux bleus :

— Tu as de la chance de pouvoir t'occuper de tes enfants ! Je sais que tu aimes ton métier par-dessus tout mais...

Je l'interromps :

– Je ne le dirais plus comme ça.

Ma mère sourit :

– Ce que je veux dire, c'est qu'à mon époque, les congés, c'était quinze jours par an, pas un de plus. Quand j'ai dû reprendre le travail après ta naissance, je ne connaissais pas de nourrice. On m'en avait recommandé une, mais elle habitait à l'autre bout de Paris. Je l'ai choisie car au moins je savais que tu serais bien traitée. Tu n'avais même pas un mois... Je te laissais chez elle le lundi matin et je ne te retrouvais que le vendredi soir. Je me revois pendant cet horrible trajet du lundi dans la voiture avec ton père qui conduisait, et moi qui te serrais dans mes bras en pleurant toutes les larmes de mon corps.

– Tu ne me l'avais jamais dit... Ça a duré combien de temps ?

– Six mois environ. J'étais tellement malheureuse ! C'était terrible. Mais je n'avais pas le choix. Je ne connaissais personne de confiance. Plus tard, par chance, j'ai trouvé quelqu'un à côté de chez nous.

Séparée de ma mère à la naissance pendant plusieurs mois, confiée à une autre... On m'a toujours dit que j'étais infernale jusqu'à mes trois ans et la liste de mes exploits est même devenue une sorte de légende familiale. J'en ai peut-être trouvé la cause.

Me revient alors en mémoire un cauchemar qui m'épouvantait, enfant. Toujours le même : une horrible femme essayait de me donner des coups de fer à repasser brûlant sur la figure, je tentais de m'enfuir mais mes pieds restaient collés au sol. Impossible d'avancer, de bouger. J'étais engluée. Au moment où elle allait m'attraper, je me réveillais. Ce cauchemar mille fois revécu ne me laissait en paix que lorsque j'étais auprès de ma grand-mère.

Ma mère rompt le silence bleu azur :

— Ce n'était pas facile...
— Hein? De quoi tu parles?
— Quand tu étais bébé. Nous étions si jeunes, ton père et moi!
Nous restons silencieuses un bon moment. Comment ma mère a-t-elle pu supporter d'être séparée de moi alors que je venais tout juste de naitre? Je médite la phrase de Dostoïevski : « Un être qui s'habitue à tout, voilà la meilleure définition qu'on puisse donner de l'homme. »

Dans le babyphone, les gazouillis de Tom et Lola nous ramènent au moment présent. Charlette se lève d'un bond.
— Repose-toi, je vais m'occuper des enfants.
Je la regarde s'éloigner. Elle marche à dix centimètres au-dessus du sol. Une bouffée d'émotion m'envahit. J'imagine déjà qu'elle aussi, comme Victorine l'a été pour moi, sera pour Tom et Lola une grand-mère adorable et adorée et je l'envie car je perçois déjà à quel point la position de grand-mère est infiniment plus confortable que celle de mère. Une mère pour sa fille n'a-t-elle pas le goût d'une tarte au citron? Douce et sucrée mais un peu acide tandis qu'une grand-mère a le fondant et la souplesse de la meringue sur le dessus, qui corrige de son moelleux l'acidité de l'agrume.
Nous passons une semaine exquise, puis je dois repartir; Milo et mon travail m'attendent. Tom et Lola vont rester deux semaines chez leurs grands-parents.
Charlette m'accompagne à l'aéroport, mon père est resté à la maison avec les enfants. Nous traversons la belle campagne aixoise dominée par la montagne Sainte-Victoire, le mistral fait onduler les pins, le soleil nous éblouit. Charlette se concentre sur sa conduite car les bourrasques de vent provoquent des embardées. Enfin arrivées à l'aéroport, nous prenons un café en attendant l'embarquement. Ma mère semble distraite. Lorsqu'elle est

pensive, elle ressemble à lady Diana : même regard bleu, même profil doux et mélancolique, mêmes cheveux courts. Je lui demande à quoi elle pense, elle hésite, puis me dit :

— Il y a quelques années, John est venu chez nous, pour te voir.

— John… Mon ex ?

— Oui. J'ai préféré ne pas te le dire, car tu venais de t'installer avec Milo et je… j'ai eu peur que ça te perturbe.

J'étudiais le journalisme à Marseille lorsque j'avais rencontré cet Américain : un globe-trotter qui rêvait de voyages et de grands espaces. Il avait rompu, au bout d'un an d'une relation dont je savais qu'elle ne durerait pas. Malgré tout, j'étais sous son charme et j'avais passé quelques semaines difficiles.

Elle ajoute :

— Je m'en voulais un peu. Maintenant je peux te le dire car je sais que tu es comblée avec Milo et tes enfants.

Je ne sais que répondre. Elle reprend d'une petite voix :

— Je dois t'avouer que quand tu as eu cette histoire avec John, j'ai eu très peur que tu partes t'installer aux États-Unis.

Je lutte contre mon agacement, comme à chaque fois que ma mère ou mon père veulent se mêler de ma vie privée. Cette sensation qui prend naissance dans mon ventre puis qui diffuse sa charge électrique dans mes veines jusqu'à irriter chaque parcelle de mon corps, je la connais bien. Je la sens toujours arriver, je la combats sans pour autant parvenir à la maîtriser. Elle provoque en moi des effets désagréables : colère et rejet, puis culpabilité et regrets ; un conflit intérieur extrêmement pénible car ma mère est la douceur même et je l'aime profondément.

— Tu m'en veux ?

À vrai dire, des réminiscences de ce désagréable sentiment d'agacement affluent dans mes veines, mais pour une fois, cette sensation me parvient comme adoucie, atténuée. Je sens combien l'amour maternel est impétueux, exclusif, combien il doit rendre dépendant et obsessionnel.

– Non, je ne t'en veux pas. Mais dis-moi, qu'est-ce qu'il voulait ?

– Il m'a dit qu'il repartait vivre aux États-Unis, qu'il voulait te dire au revoir avant son départ. Je lui ai expliqué que tu vivais à Paris. Il m'a laissé un numéro de téléphone. Je l'ai rangé quelque part et puis, je l'ai perdu.

Dans l'avion qui me ramène vers ma vie parisienne, me revient une conversation que nous avions eue ma mère et moi quelques temps auparavant, au sujet de son enfance. Elle m'avait raconté qu'à dix ans, elle avait dû aller en pension et que chaque lundi matin, elle pleurait durant tout le trajet parce qu'elle ne reverrait pas sa mère avant le samedi. Puis Albertine avait obtenu son brevet et avait quitté la pension. Ma mère s'était retrouvée toute seule dans cette « horrible endroit » où on se lavait sans intimité, à l'eau glacée, où elle ne mangeait pas à sa faim et où les surveillantes étaient de « vraies peaux de vache. » Je me souviens de ses mots : « Maman me manquait terriblement. Pour rester reliée à elle, j'avais imaginé que je tenais le fil d'une pelote de laine et qu'elle en tenait l'autre bout. »

J'avais écouté, attentive, méditant ces mots : « Pour rester reliée. » Rester reliée malgré la séparation, pour supporter le chagrin.

Non, décidément, je ne peux pas en vouloir à ma mère. Nous avons tous nos petits secrets. J'ai bien choisi de taire ma rencontre avec Armand pour protéger ma grand-mère, tenir le chagrin à distance.

Quels secrets m'imposerai-je un jour de garder pour épargner de la peine à mes enfants ? Les comportements se répèteraient-ils de génération en génération, par une sorte de transmission génétique ?

***

Étretat - Juillet 2006

J'avance vers le choeur. Impossible de lire le petit texte que j'ai préparé. Non, décidément, je n'y arrive pas. L'émotion me paralyse, ma gorge est nouée. Je tremble de tous mes membres, je peine à retenir mes larmes.

Victorine s'en est allée.

Ma cousine Loubna, fossettes et cheveux de miel, lit son hommage à notre grand-mère. Sa voix douce et posée emplit l'église : « J'ai tant de souvenirs merveilleux avec toi, mamie... L'accueil chaleureux de tes bras ; ta gaité ; la chemise de nuit à fleurs qui m'attendait quand je venais en vacances. On s'endormait main dans la main après avoir regardé un film dans le salon. Parfois, on allait à l'église écouter un concert. Tu sortais un Michoko de ton sac, on essayait de ne pas faire de bruit en sortant le bonbon de son papier mais c'était impossible. On attrapait le fou-rire, serrées l'une contre l'autre. »

Nous sourions à travers nos larmes. Chacun de nous détient ses propres souvenirs. Je me souviens de nos après-midis à la plage. Julien et Bérénice n'avaient que neuf et onze ans de plus que moi et je les considérais plus comme mes amis que comme mon oncle et ma tante. On s'installait sur la plage, mamie dans son fauteuil pliant. Elle ramassait des petits galets, les faisait s'entrechoquer dans sa main et on devait deviner combien il y en avait. Le soir, elle me racontait des histoires à la saveur particulière, simples et tendres, des histoires de poussins égarés pour qui tout finissait par s'arranger... Je buvais ses paroles. Je l'aurais écoutée toute la nuit. Elle se penchait pour m'embrasser, je la chatouillais, elle riait aux larmes. Cela se terminait en fou-rire et on sautait toutes les deux sur le lit en se tenant les mains et en chantant. J'aimais tellement la voir rire ainsi ! Son grand rire gagnait tout son visage et faisait disparaitre les plis soucieux qui souvent barraient son front.

Une autre scène me revient. Nous étions à Étretat, j'avais une trentaine d'années, Victorine et moi feuilletions un beau livre que Bérénice lui avait offert. Je suis quasiment sûre en y repensant qu'il s'agissait de « Naitre », de Lennart Nilsson, un ouvrage illustré de photographies incroyables montrant l'embryon et son développement jour après jour, de la fécondation à la naissance. Je revois le visage émerveillé de ma grand-mère, qui s'exclamait : « Quel miracle, la vie, c'est extraordinaire ! Tout de même, c'est fou qu'une cellule microscopique puisse devenir un être si parfait, avec ses petites mains, ses petits pieds comme de l'ivoire sculpté ! Ses organes qui se forment, tout cet ensemble qui vit, qui grandit. Tout cela à partir d'une seule cellule... C'est incroyable. » Je voyais passer tout une palette d'émotions sur son visage : de la joie, de l'étonnement, de l'amour et cela m'en avait appris beaucoup sur la pâte humaine dont elle était constituée.

Alors que nous nous recueillons, d'autres souvenirs affluent... Pour fêter ses quatre-vingts ans, en 2005, Victorine nous avait tous invités à déjeuner aux Roches Blanches, un des plus jolis restaurants d'Étretat, sur la digue. Il faisait un temps magnifique. Nous avions ri, chanté, c'était très joyeux. Ma grand-mère était une reine ce jour-là, rayonnante, couverte de cadeaux par ses enfants et ses petits-enfants.

Dans son grand cahier bleu, elle avait noté la liste des présents qu'elle avait reçus. Une émouvante liste à la Prévert qui témoignait de l'importance que chacun de nous revêtait à ses yeux :

— Des cassettes par mes filles

— Un énorme bouquet de fleurs par Élise, Bastien, Cédric, Nicolas

— Des livres par Alma et Loubna, un très joli tableau peint par Charlette. Un gilet par Bérénice

— Des boucles d'oreille par Julien et sa femme

— Des fleurs - Un Spectacle

— Un album avec lettres et photos anciennes par Giny

— Un polo à manches longues avec les photos de tous mes enfants par Roméo. Je me demande comment il a pu s'y prendre...

— Des dessins par Héline et Yannis

En dessous, elle avait écrit ce commentaire, et souligné de deux traits rouges la dernière phrase :

Ce que j'ai été gâtée ! J'ai eu beaucoup de chance avec mes enfants et petits-enfants, ils m'aiment tous, et ils s'entendent tous bien. Qu'ils restent toujours unis, rien ne peut me rendre plus heureuse. Ah ça, il n'y a pas deux grand-mères comme moi à Étretat !

D'elle, je sais que je n'oublierai rien : ni son rire contagieux, ni sa gentillesse extraordinaire. Lorsque je serai comme une enfant face aux chagrins de la vie, je pourrai toujours sentir ses mains prendre les miennes, ses belles mains brunes à la peau souple et tannée, je l'entendrai toujours me dire de sa voix chaleureuse, avec son sourire comme un baume : « Ne t'inquiète pas, ça va aller, mon trésor bleu. »

Je marche dans cette église tout contre Charlette, qui tremble autant que moi. Je ne sais pas laquelle soutient l'autre.

Ma grand-mère, ma mère, ma fille, unies par ce lien mystérieux que l'on dit de sang... Je nous vois soudain comme une seule et même personne, à jamais inachevée et enrichie des vies de nos mères et de toutes les femmes qui nous ont précédées, nous transmettant les unes aux autres le témoin de l'existence, avec son lot de drames et de joies, de sacrifices, de secrets, de mystères.

Nous sortons de l'église au son de l'Ave Maria, en marchant le plus lentement possible, pour rester encore un peu avec Victorine. Dehors, le soleil brille.

***

Paris, Septembre 2006

En m'immergeant dans le grand cahier Oxford bleu de Victorine, le mois dernier, j'ai vécu des moments intenses. À travers ses souvenirs, je pouvais l'imaginer jeune fille, moi qui n'avais connu d'elle que la grand-mère ; je trouvais des réponses à mes nombreuses questions sur sa vie de femme. J'ai eu la sensation de cheminer au bord d'un torrent frais et clair avec parfois cette étrange sensation que ses souvenirs étaient un peu les miens.

J'ai relu son cahier plusieurs fois pour m'en imprégner. Je finissais par m'identifier à elle au point d'avoir l'impression un peu folle qu'elle et moi ne faisions qu'une. Entre les lignes, je pouvais la voir, l'entendre, respirer l'odeur de sa peau, éprouver sous mes doigts la douceur de ses mains brunes. Je devinais ses rires, ses soupirs, ses mimiques.

J'ai posé une photo d'elle sur mon bureau : déjà âgée, assise sur une balançoire, chapeau de paille sur la tête et lunettes de soleil, elle s'agrippe des deux mains aux cordes comme si elle allait se propulser dans les airs, et je crois entendre son rire éclater, clair et joyeux. Elle porte un pantalon à plis gris clair et un petit pull rose à manches courtes. Une allure d'aujourd'hui. Au poignet, sa fine montre dorée. Au doigt, une seule bague, son alliance.

Accompagnée de cette photo que je ne peux regarder sans répondre à son sourire, j'ai remonté le temps, déroulé le fil de sa vie et parfois, noirci des blancs. Je savais qu'elle allait me manquer. Énormément. Mais peu à peu, j'ai compris qu'elle ne serait jamais bien loin de moi.

Les dernières pages de cet extraordinaire cahier m'ont

réservé une jolie surprise. Le mieux, je pense, c'est que je les recopie telles quelles :

Juillet 2000. Reçu coup de fil étonnant cette semaine. Un jeune homme qui voulait me parler de Giny. Il me dit : « Vous vous souvenez de moi, Madame Belloc ? J'étais venu vous voir avec Giny. » Lorsqu'il m'a dit qu'il s'appelait Milo, je l'ai tout de suite remis; Giny était très amoureuse de lui, et à l'époque, je n'avais pas compris qu'elle l'ait quitté... Bref, il me raconte qu'il rentre du Brésil où il a travaillé plusieurs années pour la construction d'une nouvelle ville gigantesque, je ne me souviens plus du nom de cette ville. Puis : « J'aimerais beaucoup revoir Giny, je ne sais pas où elle vit. Pourriez-vous m'aider à la retrouver ? » Il avait l'air sincère, et gentil comme tout. Bon, j'ai réfléchi, je n'ai pas voulu lui donner son adresse quand même ! Mais je lui ai dit qu'elle se promenait souvent au jardin du Luxembourg et qu'elle aimait tout spécialement la fontaine Médicis. Elle m'y a emmenée une fois, qu'est-ce que c'était beau ! Enfin... Ce Milo, je me souviens qu'il était sympa. Et beau garçon avec ça.

Et plus loin :

Novembre 2000. La semaine dernière, reçu visite qui m'a fait bien plaisir : Giny et son petit ami. Ils ont l'air très amoureux. Lorsque je leur ai ouvert la porte, j'ai souri en reconnaissant Milo, le jeune homme qui m'avait téléphoné au mois de juillet pour me demander l'adresse de Giny. Je lui ai fait un clin d'oeil. Ce sera notre petit secret à tous les deux...

...et le dernier cadeau que m'aura offert Victorine ; une des pépites de ce « trésor bleu » qu'elle m'a légué, un trésor immatériel d'amour, de force, de joie. Le plus précieux des dons.

***

Remerciements

Je remercie chaleureusement ma mère chérie, mes tantes et oncles, mes cousines et cousins, qui ont répondu si gentiment à mes questions et m'ont fourni tant d'informations précieuses ! Merci aux merveilleuses femmes de ma famille et à ma soeur de coeur qui ont toujours été là pour moi et qui m'ont inspirée tout au long de l'écriture de ce roman.

Merci à mes enfants et à mes amis qui ont été mes premiers lecteurs, pour leurs corrections et leurs conseils judicieux, et à mon mari qui m'a soutenue et encouragée sans me demander trop souvent si « j'avais bientôt fini ».

Bibliographie

Cédric Thomas : Étretat 1939 - 1945, De l'occupation allemande au camp Pall Mall

Jean Recher : Le grand métier, aux éditions Plon, collection Terre Humaine

Bernard Alexandre : Le Horsain, Vivre et survivre en Pays de Caux, aux éditions Plon, collection Terre Humaine

Journaux d'époque, Bibliothèque nationale de France

Sommaire

Dépôt légal janvier 2023

Librinova

www.librinova.com